채록; 채소를 기록하다

채록:
채소를 기록하다

김수연 에세이

White Wave

차례

1부

농부의 아내는 농부가 되었다

"귀농하셨어요?"

"귀농은 아니고 제가 외로운 농촌 총각을 구제했어요."

"그러셨구나."

"농부의 아내가 되면 농부가 되는 줄 몰랐어요. 그런 줄 알았다면 더 신중했으려나."

2000년 봄, 난 농부의 아내가 되었다. 농부와 결혼을 하는 것은 나도 농부가 된다는 것을 암묵적으로 인정하는 행위였다. 불행하게도 그걸 나만 몰랐다. 그 현실을 인식하지 못해 적응을 못 하고 힘들었던 시간이 꽤 길다. 무식하면 용감하다고 현실을 무시한 채 최대한 버텨 냈다. 집안일과 딸 둘의 육아만으로도 버거웠기 때문이다. 결혼을 한 후 4년 동안은 시부모님과 함께 살았다. 딸 둘을 키우며 밥하고 청소하고 정신없이 살았던 기억이다. 틈틈이 논과 밭에 나가 일하기를 원하는 시부모님의 소망을 들어드릴 수 없었다. 옛날에는 애 낳고 다음 날 바로 밭매러 나갔다는 시어머니의 말씀에도 난 꿈쩍하지 않았다. 모내기와 벼 베기를 할 때 논에 식사와 참(간식이나 안주)을 만들어 나가기는 했다. 사람들은 새참을 머리에 이고 들에 나가는 모습을 낭만적으로 보고, 그렇게 먹는 밥이 꿀맛일 것이라는 상상을 할 것이다. 하지만 나에게는 봄, 가을로 열흘 정도의 강도 높은 노동이었다. 연년생의 두 딸을 데리고 혼자서 그 일이라도 해내기 위해 젖 먹던 힘까지 짜냈다. 임신 중에는 12시간 이상 서서 움직여서 밤이 되면 다리가 붓고 발바닥이 아파 안절부절못했다. 모내기를 하는 논에 밥을 갖다주러 들판으로 향할 때였다. 두 딸까지 차에 태우고 급하게 논으로 가는 길에 차 안으로 진한 아카시아 향기가 들어왔다. 그 달콤한 향기가 왜 그리 슬펐을까? 지금도 난 아카시아 꽃향기가 여전히 슬프다. 가을에 벼 베기가 가까워지면 동네 들판이 황금색으로 변한다. 결혼 전, 무심히 지날 때 보던 황금물결은 그저 아름답기만 했는데 그때의 나는 황금색이 진해질수록 마음이 불안해졌다. 넘실대는 가을 들판마저 더는 아름답게 볼 수 없을 것 같아 속상했던 기억이 있다.

이제와 생각해 보면 1년 중 20일 정도면 뭐 그리 어려운 일도 아니었을 것도 같은데 뭘 그렇게 힘들게 지냈나 하는 마음이다. 30년 동안 전혀 다른 삶을 살다가 결혼과 동시에 변한 나의 환경이 낭만적이지도 여유롭지도 않았으니 벗어나고 싶은 마음이 컸다. 그 동네에서는 나만 그런 것도 아니고 거의 대부분 그렇게 살았는데 나는 왜 다르다고 생각했는지 모르겠다. 그렇다고 도망칠 생각은 하지 않았다. 예쁜 두 딸을 보며 하루하루 살아 냈다. 농촌 여성의 삶은 새벽에 눈뜨면 밭에 나가 일하고, 끼니때 되면 밥하고, 빨래와 청소는 기본, 육아 또한 당연한 일이라 내 입장에서는 열심히 살아도 시어른들 보시기엔 많이 부족해 보였다. 하지만 시어른들의 불만은 모른 척하고 나의 노력을 몰라 주는 그분들이 야속하기만 했다. 한마디로 철이 없었다. 지금의 나라면 그때와 달랐을까? 시어른들의 마음에 드는 며느리는 여전히 어렵겠지만 적어도 할수 없는 것을 하려 애쓰며 고단하지는 않았을 것 같다. 큰딸이 다섯 살이 되었을 때, 우리는 차로 20분 정도 걸리는 도시로 분가를 했다. 사는 공간만 달라졌을 뿐인데 심적으로는 자유를 쟁취한 것처럼 해방감을 느꼈다. 그렇게 농사와는 영영 멀어지고 자유로운 삶을 살 것을 기대했으나 지금의 나는 2000년 농부의 아내가 되었을 때보다 더 깊숙이 농부의 삶 속에 들어와 있다.

시댁에서 분가를 하고 나서 이른바 '독박 육아'의 늪에 빠졌다.

남편은 논을 누가 떼어 가기라도 하는지 수시로 집에 오지 않았다. 우리 집(시부모님 집)에서 자는데 뭐가 문제냐며 당당하게 외박을 했다. 남편의 생각은 외벌이로 가족을 부양하니 아이들 육아는 집에 있는 내가 오롯이 해야 하는 것이었다. 그의 생각이 틀렸고 그런 생각으로는 바람직한 부모의 역할을 하기 어렵다는 것을 말하고 싶었지만, 설득할 능력도 없었고 설득될 것 같지도 않아서 그냥 살았다. 30년을 넘게 다르게 살아온 남녀가 만나 가정을 이루고 사는 것은 상상했던 것보다 어려운 문제였다. 달라도 너무 다른 남녀가 심지어 만난 지 100일 만에 결혼을 했으니 지금에 와서 생각해 보면 신혼 시절에 힘들었던 것은 당연한 결과였다. 하지만 부부 싸움을 해도, 농부의 아내로 사는 게 힘들어도 두 딸을 위해 씩씩해져야 했다. 남편의 빈자리는 불편했지만 혼자서도 잘 해야 하는 엄마의 역할을 기꺼이 받아들였다. 다행히 아빠가 꼭 필요한 날들, 예를 들면 아빠 참여 수업 같은 날에는 남편도 논을 두고(?) 집에 왔다. 그런 것도 없었다면 지금까지 함께 살고 있지 않았겠지.

큰딸이 초등학교에 입학할 때 근처에 생기는 신도시로 이사를 했다. 시댁과는 좀 더 멀어져서 남편의 출퇴근 시간은 더 걸렸지만 농번기에는 집에 거의 오지 않기 때문에 큰 문제가 되지는 않았다. 이사를 한 후에도 모내기와 가을걷이를 할 때 식사를 준비해 논두

렁에 내다 주었다. 그러다 들판에 밥을 내오는 사람보다 배달시켜 먹는 집이 많아지니 나에게도 영향을 미쳤다. 그래도 최대한 밥을 해다 주려 안간힘을 썼는데 이 부분은 뿌듯하기보다는 미련스러 웠다고 후회가 된다. 쓸데없는 오기로 피곤하게 살았다. 잘한다고 인정받고 싶기보다는 아무것도 꼬투리 잡히고 싶지 않은 마음이 었다.

딸들이 초등학생이 된 후 시나브로 농사와 멀어진 생활을 할 수 있었다. 집에서 애들을 키우면서 할 수 있는 일을 찾다가 독서지도 사가 되는 자격증을 공부했고, 딸들의 친구들을 데리고 책 읽기와 글쓰기 수업을 했다. 요리, 바깥 놀이, 소풍 등의 활동을 하여 아이 들에게 글감을 만들어 주면 생생하고 독창적인 글들이 나왔다. 그 렇게 큰딸이 초등학교를 마칠 때까지 동네 아이들과 놀면서 일을 했다. 딸들을 키우면서 책도 더 많이 읽고, 세상에 대한 호기심도 더 커졌다. 수업에서 만나는 아이들은 무럭무럭 성장했지만 나의 글쓰기 수업에 대한 열정은 점점 식어 갔다. 그렇게 다른 일을 찾 고 싶은 마음이 솔솔 일어날 때, 남편은 시설 하우스 농사를 시작 했고 논농사와 달리 일손이 많이 필요한 일이라 나 또한 본격적인 농부의 길로 들어섰다. 남편이 내 의견을 물었을 때 논농사 규모가 해마다 줄어들고 있었기 때문에 반대할 수 없었다. 우리는 농지를 많이 소유한 농부가 아니었다. 농사를 짓는 땅들은 거의 대부분 임대를 한 논이었다. 지주들이 농사를 짓지 말라고 통보하면 언제든 그만둬야 하는 처지였다. 우려했던 대로 임대하던 농지는 해마다 줄어들었다. 뭐든 해야 했기에 비닐하우스 농사를 하기로 했다. 주변에 시설 재배를 하는 농부들이 있었기 때문에 조언을 구하고 공부를 하며 시작하기로 했다. 농사짓는 논들이 더 줄어들기 전에 새로운 일을 함께 병행하면 생계의 위험을 줄일 수 있다고 기대했다.

다시 생각해 보면 선배 농부들은 우리에게 하우스 농사의 어려움을 강조하여 알려 줬었다. 예를 들면, 수입은 증가하겠지만 비용이 많이 들어가니 각오해야 한다든지, 농번기에는 밥 먹고 잠잘 시간도 없이 바쁘고 힘들다는 내용이었다. 그럼에도 불구하고 시작했고 몇 번의 시행착오는 당연한 과정이었다. 하우스 농사일은 상상했던 것보다 훨씬 살인적인 노동이었다. 무슨 일이 있어도 매일 따야 하는 오이들, 하룻밤에 한 뼘씩 자라 있는 오이 줄기는 우리를 노동의 늪에 빠뜨렸다. 오이 농사를 시작한 첫 해였다. 폭풍처럼 밀려오는 노동에 허덕이며 하루하루 버티는 가운데, 어느 날 새벽 출근을 했는데 농수로에서 물이 넘쳐 오이 밭이 물에 잠겨 있었다. 정신없이 양수기로 물을 퍼내고 오이를 따고 포장을 하여 출하를 하면서 눈물을 삼켰던 기억. 그러한 날들을 함께 견뎌 내며 우리 부부에게 끈끈한 의리가 생겨났을 것이라 추측한다.

시간이 지날수록 일은 익숙해졌지만 농부로만 살기는 싫었다. 헐렁한 고무줄 바지를 입고, 농약 이름이 커다랗게 프린트된 모자를 쓴 채 일을 하는 내 모습이 싫었다. 햇빛에 검게 그을린 얼굴이 되기 싫어 썬크림과 파운데이션을 두껍게 바르고 일했다. 부끄럽지만 농장 이외의 장소에서 농부처럼 보이지 않는다는 소리를 들으면 안심이 됐다. 그러다 농장에서 도망치기 위해 새로운 직업에 도전했었다. 결과는 실패였다. 실패하고 나니 내 모습이 제대로 보이기 시작했다. 내가 있어야 할 자리가 어딘지도 명확해졌다. 농부처럼 보이고 싶지 않아도 나는 농부였고 농장에서의 나는 경영 전반의 상황을 파악하고 직원들의 컨디션을 살피는 업무를 맡고 있었다. 직원 한 명을 더 채용한다고 대체할 수 있는 업무가 아니었다. 박 대표(남편)는 농작물 관리만 해도 충분히 바빴다. 그동안 농부이고 싶지 않아 나의 역할을 애써 작게 보려 했다는 것을 알았다. 취업의 실패와 농장의 확대로 인해 농부로서의 정체성을 고민하게 되었다. 지금 쓰고 있는 '오이 농사 이야기'는 정체성을 찾기 위한 하나의 방법이다. 농사의 과정에서 일어나는 일들과 감정을 살피고 내가 유지하고 싶은 것과 버려야 할 것을 알아내는 방법으로 글쓰기만 한 것이 없다고 생각한다. 피곤함을 핑계로 쓰기를 쉬고 싶지만 계속 이어 가야 하는 이유다.

노동의 쓰나미

비닐하우스 농사를 짓기로 결정한 후, 작물은 지역 농협에 공동 출하를 하는 것 중 가장 큰 비중을 차지하는 오이와 애호박으로 정했다. 주변에 오랫동안 오이와 애호박을 키워 온 농장들이 많아 배울 수 있는 곳이 있기 때문에 내린 결정이다. 지금 다시 그때를 생각해 보면 무모했다. 새로운 도전을 해야 했던 때는 맞다. 무언가를 시작해야 했고 농사에서 벗어나지 않는 일을 원했다. 그 조건에 맞는 일이 비닐하우스 농사였다. 하지만 투자할 비용과 부딪힐 위험들을 심사숙고하는 충분한 시간을 갖지 않았다. 결정한 후 주변에 이미 그 일을 하고 있는 농가들에 들러 조언을 구했을 때, 그들이 이구동성으로 했던 말은 눈코 뜰 새 없이 바쁘고 몸이 힘들어진다는 것이다. 지금도 난 그런 말을 듣고 박 대표와 했던 대화를 잊지 않고 있다.

"우리가 만났던 비닐하우스 농부들이 공통적으로 하는 말이 뭔지 알아? 힘들다. 생각보다 더 힘들 거다. 이런 말들이야. 정말 힘든가 봐. 어쩌지?"

난 두려움이 가득해져 박 대표에게 물었다. 그러자 그는

"안 힘든 일이 어딨어. 남들도 다 그러고 살아. 그 형님들이 하우스 농사진 지 이십 년이 넘었어. 힘들다면서 아직도 하는 걸 보면 그게 벼농사보다는 돈이 되니까 하는 거지. 안 그래?"

"그렇긴 하네. 어쨌든 우리가 이제 와서 취소하거나 포기할 수는 없지. 이미 농장을 짓기 시작했고 다른 대안도 없으니 별 수 있나. 그냥 해 보자."

우린 그렇게 무모하고 단순하게 이 일을 시작했다. 우리에게 닥칠 재난인 노동의 쓰나미가 어느 정도의 규모인지 예상하지 못한 채 비닐하우스의 파이프들을 꽂았다.

농부로 살면서 가장 큰 불만은 산천초목이 아름다운 봄, 가을에 가족 나들이를 못 하는 것이었다. 왜냐하면 바로 그때가 농사일이 가장 바쁜 시기이기 때문이다. 벼농사만 할 때도 그런 불만이 있었는데 비닐하우스 농사를 시작하니 1년 중 1,2월을 뺀 10개월이 농

번기가 되었다. 심지어 10개월 내내 박 대표에게 쉬는 날이 없는 것은 최악이었다. 작물들이 휴일이라고 성장을 멈추는 것은 아니기 때문에 거기에 맞춰야지 별수 없다. 먹고사는 것을 해결하는 것이 우선인 현실을 받아들여야 한다. 그래서 싫지만 참고 버텨 왔다. 비닐하우스 농사를 시작한 몇 년 동안은 퇴근도 8시는 되어야 가능했다. 밤 9시가 넘어서까지 일을 한 적도 있다. 깜깜해서 안 보이니 전깃줄이 길게 달린 캠핑용 램프를 설치하고 쓰러진 오이 줄기를 세우는 작업을 했다. 오이 농사는 새벽에 오이 따는 일로 시작해서 물 주고, 온도 관리하고, 포장하고, 오이 줄기를 세워 줘야 한다. 비닐하우스 다섯 동에 6000개의 오이 모종을 심어 놓고 모든 작업에 서툴러 우왕좌왕했다. 만족스럽게 작업을 끝내고 퇴근을 한 적이 없었다. 휴식도 잊고, 중학생이 된 딸들의 돌봄도 최소화하면서 가까스로 버텨 냈다. 그것이 우리가 할 수 있는 최선이었다.

오이의 성장 과정을 잘 살피고 관찰해야 오이에게 필요한 영양분이 무엇인지 예측하고 투입할 수 있다. 그때 우리는 가장 중요한 오이 관찰은 할 엄두를 내지 못했다. 잡힐 듯 잡히지 않는 노동의 끝자락을 따라가기에 급급했다. 오이 줄기에 주렁주렁 달려 있는 오이들을 따서 팔면 돈을 버는데도 줄기마다 다닥다닥 붙어 있는 오이가 두려웠다. 그때와 비교하면 지금은 매우 편하게 노동을 하는 상황이 되었다. 규칙적이고 단순한 노동은 직원을 고용해 대체하고 있고 남편은 농작물 관리, 나는 출하를 위한 포장과 경영 관리를 맡고 있다.

8년 동안 오이와 애호박을 키우면서 힘들었지만 배운 것들도 있다. 누구나 뻔히 아는 진리지만 삶에서 실천하기는 어려웠던 당연했던 일들을 직접 경험했다. 예를 들면, 노력하면 달라진다는 것, 내가 주는 애정만큼 상대방도 관심을 보인다는 것, 세상에 공짜는 없다는 것 등……. 세워 주면 어느새 쑥 자라 다시 또 쓰러지는 오이 줄기를 보고 암울한 때도 있었지만 지나고 나니 추억처럼 얘기를 나누는 대화의 소재가 되었다. 살다 보면 살아진다는 말이 이래서 생겼나 보다. 그 세월 동안 두 번의 농장 확장이 있었다. 규모가 커질수록 리스크도 커진다. 고정비용이 늘어나기 때문에 경영에 대한 공부도 필요하고 수익 극대화에 대한 고민도 해야 한다. 또한 선택에 따른 결과의 영향력도 커진다. 시작할 때는 생계유지가 목적이었다면 이제는 기본적인 운영 위에 비전을 세워 더 확장된 사업을 기대한다.

버티는 것 이상의 성과를 내고 싶다. 예를 들면, 가공품에도 도전하고 싶다. 오이지, 오이 피클 등 우리가 생산하는 농작물을 가지고 식품 가공을 하면 부가가치를 높일 수 있다. 오이지와 갖은 장아찌를 맛나게 만드는 재주가 있는 친한 친구가 있다. 그의 도움을 받아 가공 사업을 창업할 생각을 몇 년 전부터 하고 있었기 때문에 아주 먼 미래에나 할 수 있는 일은 아니다. 직접 판매를 위한 새로운 방법을 시도해 보고 싶다, SNS를 통한 홍보로 고객을 직접 만나 품질 좋은 오이를 신선하고 좋은 가격으로 맛보게 하고 싶다.

체험 활동이나 농부 카페, 레스토랑을 꿈꾸기도 한다. 지금 농장의 위치에서는 살짝 아쉬움이 있으니 조금 멀리 넓은 터를 잡고 6차산업이 가능한 공간으로 만들고 싶다. 농장을 만들어 작물을 키우고, 체험장을 만들어 그 농산물로 가공품을 만들거나 예술 활동도 했으면 좋겠다. 활기찬 농장과 자연의 싱그러움을 느끼며 살아 볼 수 있도록 팜 스테이 시설까지 만들고 거기다 커피 향 가득한 카페와 직접 키운 농산물로 음식을 만드는 레스토랑까지 갖춘다면 최상이다. 새로운 시설을 만들고 확장하는 꿈도 꾸지만 치유 목적의 농장도 괜찮은 방향이다. 몸을 움직여야 하는 농사일은 각박한 현실을 잊게 해 준다. 실제로 친하게 지내는 한 언니는 머릿속이 복잡할 때 농장에 일을 하러 오신다. 오이를 따고, 오이 줄기를 유인하면서 잠시라도 현실의 스트레스에서 벗어날 수 있고, 아무 생각

없이 일을 하다 보면 무념무상의 상태가 되어 마음을 가라앉히는 데 큰 도움을 받는다고 하셨다. 시설 확대와 치유 농업 등 아직까지는 과하고 억지스러운 꿈에 불과하지만 가능성을 열어 두고 여러 방향의 길을 상상해 볼 것이다. 꿈꾸는 건 내 맘이니까.

오이는 스스로 기댈 곳을 찾아

처음 농장을 차렸을 때는 박 대표와 나, 둘만 일을 할 계획이었다. 바쁜 시기에만 짧게 아르바이트를 구하면 될 것이라 예상했다. 하지만 현실은 그렇지 않았다. 비닐하우스 다섯 동에 오이를 키우는 일은 베테랑 일꾼이라도 두 명의 일손으로는 불가능한 일이었다. 시작하기 전, 선배 농부들에게 들었을 때는 가능성이 없지 않았으나 막상 일을 해 보니 도저히 할 수 없는 작업량이었다. 내가 일을 잘할 것이라 기대하지는 않았으나 상상했던 것보다 느린 작업 능력은 문제가 심각했다. 그런 상황을 해결하기 위해 직원을 구했다. 박 대표와 내가 잠깐이라도 휴식할 시간을 갖기 위해서는 어쩔 수 없었다. 아무리 생계유지가 먼저라고 해도 밥 먹고 잠 잘 시간은 가져야 살 수 있을 것 아닌가. 직원을 채용하려면 다섯 동의 규모에서 나오는 수입으로는 어려웠다. 확장을 해야 했다. 조금씩 저축했던 돈과 빚을 최대한 끌어모아 하우스 세 동을 더 지었다. 그런 다음엔 한겨울에 조금이라도 수입이 있어야 월급을 줄 수 있기 때문에 보온이 잘되는, 업그레이드된 시설하우스로 다섯 동을 더 확장했다. 안정적인 농장 경영을 위해 어쩔 수 없이 농장 규모를 키워야 했다.

농장 경영도 어렵지만 직원 관리도 쉬운 일은 아니었다. 하지만 작업의 속도는 기대했던 것보다 훨씬 빨라졌다.

"싸모님, 뭐해요?"

"와, 벌써 다 했어요? 잠깐만요. 사장님한테 물어보고 알려 줄게요."

내가 환하게 웃으며 대답하자 직원도 활짝 웃으며 좋아한다. 외국인이라 의사소통이 원활히 되진 않지만 필요한 것은 전달하고 대화는 가능한 정도다. 먼 외국까지 와서 고생하는 직원이 안쓰럽고 고맙지만 마냥 호의적일 수는 없다. 고용주와 고용인의 첨예한 대립 구도는 자주 고민할 일을 만들었다.

"싸모님, 나 싫어요?"

"왜요? 왜 그런 말을 해요?"

"보너스, 왜 없어요?"

"어머머, 내가 깜빡했어요. 미안해요."

지난 명절에 겪은 일이다. 명절에 쉬고 다음 날 일을 하는데 오전 쉬는 시간에 기분 나쁜 표정으로 내게 물었다. 난 깜짝 놀랐다. 명절이면 꼬박꼬박 보너스를 조금씩 챙겨 줬는데 왜 그랬는지 깜빡하고 지나갔다. 직원이 물어봤을 때, 얼굴이 벌겋게 변할 정도로 창피하고 미안했다. 다음 날, 봉투에 돈을 담아 또다시 미안하다고 말을 하며 보너스를 전해 줬다.

"괜찮아요. 안 받아요."

직원은 애매한 표정으로 안 줘도 된다고 말하며 받지 않으려 했다.

"받아요. 내가 잊어버렸어요. 미안, 미안해요."

나는 직원 손에 봉투를 꼭 쥐어 주었다.

보너스에 대해 기분 나쁘게 얘기를 할 때도 마음이 상했고, 늦었지만 챙겨 주며 사과하는 내게 보인 반응도 계속 생각난다. 매번 받던 돈을 안 줬으니 얘기할 만하긴 하다. 하지만 표정과 말투는 상당히 공격적이고 거칠었다. 어디까지 친근하고 어느 정도까지 선을 그어야 하는지 모르겠다. 한없이 고맙다가도 내 맘과 다른 것을 느낄 때면 서운했다.

어느 날은 농장 문을 열고 들어오는 내게 박 대표(남편)가 심각한 표정으로 말한다.

"오이를 너무 작게(작은 걸) 땄어."

"엥? 왜?"

난 잘 해 오던 일을 왜 그랬는지 이유를 알 수 없어 물었다.

"몰러. 오이 따는 데 쫓아가서 말을 하긴 했는데. 어쨌든 박스에 포장할 때 힘들 거여."

도대체 얼마나 작게 땄길래 얼굴을 보자마자 그런 말을 하는 건지 궁금했다. 오이를 담아 둔 상자를 살폈다. 박 대표가 그럴 만했다. 하루 이틀만 더 달아 두면 최상위 품위인 '특'이 될 오이들이 자라다 말고 잘려 아랫 품위인 '상' 상자 안에 가득 담겨 있었다. 기계가 아닌 사람이 하는 일이니 그럴 수는 있는데 그날따라 유난히 그 양이 많아져서 이상했다. 이러나저러나 해야 할 일이니 오이들을 포장하기 위해 정신없이 손을 움직였다. 병원에 들렀다 오는 바람에 출근 시간이 늦어져 마음이 조급했다. 오이들을 최대한 빠르게 분류하며 집중을 하는데 작업을 하면 할수록 얼굴이 벌겋게 달아올랐다. 사람이니 실수할 수 있다고, 화낼 일이 아니라고 다독여도 어찌 된 일인지 진정이 되질 않았다. 하루만 더 두어도 제값을 받을 오이들을 1/3가격으로 팔아야 하니 당연한 일이다. 농장 일을 돕기 위해 딸들도 함께 작업을 하고 있었는데 오이들을 분류하면서 너무 아깝다는 말을 계속 하고 있었다. 다른 작업을 하다가 포장을 하는 쪽으로 박 대표(남편)가 왔다.

"당신 혹시 최근에 누군가에게 원한 살 일 한 적 있어?"

내가 진지하게 물었다.

"아니. 근데 그건 왜?"

박 대표가 어이없는 표정으로 대답했다.

"새로 온 직원들 말야. 당신한테 원한 있는 누군가에게 사주를 받고 일부러 오이를 이렇게 작게(작은 걸) 딴 거 아닌가 해서 물어본 거야."

"난 또 뭐라고. 싱겁기는." 박 대표는 피식 웃는다.

실없는 질문을 하면서 씩씩거리며 포장을 하는데 문득 뒤를 돌아보니 그 직원들이 가까운 곳에서 일을 하고 있는 모습이 보였다. 혹시 내가 씩씩대는 소리를 들었으면 어쩌나 걱정이 되었다. 일부러 그런 건 아닐 텐데 내가 너무했나 싶어 후회가 됐다. 그 직원이 농장에 온 지 몇 달 안 됐고, 오이 따는 작업을 한 지 이제 한 달쯤 되었고, 오이 농장에서 일한 적도 없으니 서툰 것은 당연한 일이다. 다시 한번 생각하면 뭐 그리 열 받을 일도 아니고 혈압이 올라 머리까지 띵해지고 아랫배가 콕콕 찌르듯이 아플 일도 아니다. 그럴 수 있는 일이라고 생각하면 고요하게 지날 수 있는데 그게 그렇게도 어려운지 모르겠다. 후회와 함께 자괴감이 올라왔다. 폭발하는 감정을 주체하지 못하고 거름망 없이 말을 내뱉은 다음 스스로를 한심해하는 이 모양이 부끄럽다. 직원에게 불만이 쌓이다가도 없을 때를 생각하면 아찔하고 힘들어지기 때문에 부정적인 감정을 지우려 애쓴다. 내 감정이 좋았다 싫었다 하는 것처럼 그들의 마음도 마찬가지 일거라 생각하고 이해하는 것이 편하다.

유난히 오이를 작게(작은 걸) 땄던 그들은 알고 보니 우리를 떠날 계획을 하고 있었다. 내가 불만을 쏟아 놓는 것을 들었을까 봐 걱정하고 반성했던 그날이 지나고 며칠 후, 우리에게 다른 곳으로 가고 싶다는 얘기를 했다. 그래서 오이를 그렇게 대충 땄나 보다. 마음이 이미 멀리 떠난 그들인데 가지 말라고 애원하고 붙잡아도 소용없을 것 같았다. 대신 그들에게 2주 정도 지나면 모내기가 끝나니 그때까지만 있어 달라고 부탁했다. 다행히(?) 그들은 모내기를 마칠 때까지는 농장에 있어 줬다. 미안하다는 인사를 하며 떠나는 그들에게 서운했지만 그런 내색하지 않고 작별 인사를 했다. 그들이 떠나도 남는 직원은 있지만 해야 될 작업량이 2배로 늘어나기 때문에 힘들 것이 걱정이었다. 남아 있는 직원의 마음과 체력을 잘 보살펴야겠다는 생각을 했다. 그들마저 떠나면 우리 농장은 멈출 수밖에 없다.

'농사가 다 거기서 거기겠지.'하는 마음으로 시작한 비닐하우스.

하지만 일을 할수록 살펴 할 것들이 많아진다. 대비하지 못한 부분을 만날 때마다 당황한다. 그렇지만 수습은 해야 했고 어찌어찌 그런 순간들을 지났다. 직원들과의 관계가 특히 그렇다. 그래도 다른 직업에 비해 대인 관계가 단순하여 장점이라 여겼던 농사일이었는데 직원을 채용하니 심오해졌다. 오이는 수직으로 자라다가 일정 높이가 되면 기댈 곳을 스스로 찾는 습성이 있다고 한다. 쓰러지지 않고 태양빛을 받기 위해 기댈 수 있는 작은 틈이라도 있다면 돌돌 말아 잡는다. 피하고 싶은 순간들이 자꾸 생겨도 오이처럼 생존을 위해 무엇이든 잡고 버틸 강인함이 필요하다. 앞을 살피면 뒤에서 문제가 생기고, 오른쪽을 주의하면 왼쪽에서 사고가 날 수 있는 것이 삶이니 사방팔방 어디에서 뭔가 튀어 올라도 놀라 자빠지지는 않아야 한다. 물과 햇빛만 있으면 어떻게든 기댈 곳을 찾는 오이처럼 우리도 스스로 기댈 곳을 악착같이 찾아내고야 말 것이다. 어렵다고 피하지 말고 당당히.

※국립농산물품질관리원에서는 농산물을 균일한 품질로 등급을 분류하여 상품성을 향상시키고, 규격 포장재에 담아 출하함으로써 적재, 수송, 유통 능률을 높여 비용을 절감하기 위해 포장규격과 등급규격을 정하고 있다. 품위는 그중 등급규격을 말하는 것으로 고르기, 크기, 색택, 결점 등 다양한 품질 요소를 [특] , [상] , [보통] 3단계로 구분한다.
< 출처 : 국립농산물품질관리원 NAQS>

손이 야무진 사람이 있다면 무딘 사람도 있다

오이 농사의 마지막 단계는 포장이다. 길게 쭉쭉 뻗은 예쁜 오이들이 수북이 쌓여 있어도 종이 상자 안에 가지런히 담지 않으면 출하를 할 수 없다. 포장 작업은 농장에서 하는 나의 가장 중요한 업무다. 박 대표는 오이 키우는 일은 잘하는데 포장은 잘하지 못한다. 애지중지 키운 자식 같은 오이들이어서, 다 예쁘고 좋아 보여서, 품위 구분을 못 하겠다고 한다. 난 그에 비하면 객관적이고 단호하게 구분하는 편이다.

포장을 할 때는 오이로 꽉꽉 채워진 컨테이너 박스들을 포장하는 선반에 늘어놓고 종이 상자에 하나씩 오이를 넣어야 한다. 먼저 제일 밑바닥에 오이 10개를 나란히 늘어놓는다. 10개만 넣어도 되지만 틈이 생겨 오이들이 좌우로 흔들릴 경우에는 11개를 넣어 꽉 차게 만든다. 맨 아래층을 깔아 줬다면 그다음 층을 채워야 한다. 이번에는 맨 아래층과 반대 방향으로 위아래를 바꿔 10개나 11개를 비슷한 길이와 두께로 꽉 채워 준다. 이렇게 2개 층의 방향을 바꿔 주면 얇고 두꺼운 부분이 만나 오이를 쌓은 모양이 수평이 된다. 이러한 방법으로 다섯 층을 담으면 한 상자에 50개에서 55개가 들어간다. 가지런하고 일정한 모양으로 보이려면 각 층별로 비슷한 길이와 두께를 맞춰 주어야 더 좋다.

농산물을 대형 유통 도매시장에 팔려면 표준규격에 맞춰 포장을 해야 한다. 오이는 10킬로그램, 18킬로그램, 비닐 포장의 포장 규격이 있다. 정량적 규격도 있지만 상품의 크기, 형태, 색깔, 신선도, 결점에 따라 '특', '상', '보통'으로 품위를 구분한다. 처음 오이 농사를 했을 때 키우는 것도 어려웠지만 포장도 상당히 힘들었다. 오이는 표피의 가시가 얇고 약해 많이 만지고 굴리면 신선도가 떨어져 보인다. 그래서 토마토처럼 기계에 넣어 분류하는 것도 어렵고 자연물이라 명확한 기준이 만들어질 수 없다. 선배 농가들을 찾아다니며 포장하는 방법을 배웠는데 농가별로 기준도 조금씩 다르고 스타일도 달랐다. 조금 더 깐깐하게 하는 농가도 있고 살짝 느슨한 기준을 적용하는 농가도 있었다. 우리만의 기준이 필요하다는 생각을 했다. 그래도 농가들이 공통적으로 지키고 있는 기준은 소위 '못난이'라고 불릴 정도의 수준은 '상'으로 분류하는 것이었다. 물론 '못난이'의 기준 또한 명확할 수는 없다.

많이 휘거나 얇은 오이들은 품위 중에 '상'으로 분류해야 한다. 아깝다고 '상'으로 분류될 오이들을 '특' 품위 상자에 넣게 되면 '특' 품위 전체의 가격을 동일하게 하락시키기 때문에 손해가 커진다. 그러한 이유로 아무리 아까워도 품위 구분은 최대한 객관적이고 깐깐하게 하는 것이 더 좋다.

"엥? 이게 뭐야. 이것도 상, 이것도 상."

나는 박 대표가 포장한 상자의 오이들을 보면서 휘거나 짧고 얇은 오이들을 빼내며 말했다.

"이게 왜 상이여? 두꺼워서 좋기만 하구먼."

박 대표는 나의 행동이 못마땅하여 목소리 톤을 높여 말한다.

"이렇게 넣으면 경매 가격이 떨어진단 말야. 당신 눈에나 예뻐 보이지 상인들이 볼 때는 안 그래."

"힘들 것 같아서 도와주려고 했더니만. 그럼 나는 못 하겠다."

박 대표의 행동에서 나는 속도를 높이라는 압력을 느꼈다. 나도 빨리 하고 싶다. 하지만 그게 안 되는 나는 얼마나 답답한지 알아야 할 텐데.

비교적 깐깐하고 꼼꼼하게 작업을 하는 나에게 치명적인 단점이 있다. 바로 속도다. 농장 안을 가득 채울 정도로 오이 생산량이 많을 때는 손이 느려 밤 9시까지 전등을 켜고 작업한 날도 많다. 그 시간에도 작업을 다 끝낸 게 아니라 너무 늦은 시간이라 남겨진 오이를 그냥 두고 다음 날 해야 할 노동을 위해 작업을 마치는 것이다. 아무리 포장을 해도 줄지 않는 오이들을 보면서 속상했고 두려웠다. 그 많은 오이들을 바로바로 포장해서 농산물 도매시장에 보내야 하는데 포장 속도가 느린 것은 큰 문제다. 이 일을 한 지 10년이 되어 가는데 아직도 빠른 편은 아니다. 박 대표는 분류의 기준을 내리면 속도가 빨라질 수 있다는 조언을 한다. 나도 그런 줄은 안다. 하지만 포장을 시작하면 처음에는 완화한 기준으로 포장하는 것 같다가 어느새 나도 모르게 원래대로 깐깐하게 하고 있다. 처음 오이 농사를 시작했을 때보다는 훨씬 빨라지고 잘하게 된 것은 맞다. 그러나 아직도 만족스러운 속도를 내지 못하고 있다. 나도 이런 모습이 싫다. 노동 시간은 한정되어 있고 그 시간 안에 작업을 끝마쳐야 하는데 자꾸 실패하게 되니 힘들어서 지치게 된다.

오이 포장을 해 보기 전까지 나는 내 성격이 털털하고 덤벙대며 행동이 느린 편이라고 생각했었다. 그러나 작업을 하면 할수록 피곤할 정도로 꼼꼼하다는 것을 알게 되었다. 속도를 못 내는 또 다른 이유는 팔에 힘을 주지 않아서 그렇다. 팔뿐 아니라 온몸에 힘을 빡 주고 집중을 해서 마치 손에 모터를 달아 놓은 것처럼 스피드를 내야 하는데 힘을 안 주고 팔을 움직이다 보니 휘적 휘적대며 느리게 움직인다. 이웃의 오이 농장들에서는 5분이면 한 상자를 포장한다고 한다. 나는 그들보다 3배 이상의 시간이 필요하다. 속도를 높이기 위해 스톱워치를 켜 놓고 소요 시간을 측정하면서 훈련도 해 봤다. 1시간에 10상자 포장에 도전하려고 타이머를 설정해 놓고 포장도 했다. 이런저런 방법을 시도해 봤지만 아직까지 눈에 띄는 성과는 없다.

농사 첫 해에 내가 열심히 포장을 하고 있을 때 선배 농부가 농장에 들러서 포장하는 나를 보더니 조심스럽게 말을 건넸다.

"느리기는 한데 꼼꼼하게 잘하시네."

"그래요? 그런데 느린 건 너무 힘들어요. 이렇게 해서는 못 할 것 같아요."

나는 초보 농부의 어려움을 하소연했다.

"처음부터 잘하는 사람이 어딨나. 하다 보면 느는 거지."

"네. 그래야죠. 그런데 제가 하고 있는 게 맞긴 한가요? 상자 안 좀 잘 봐 주세요."

선배 농부는 내 부탁을 듣고 상자 안을 한참 동안 들춰 보았다.

"'상'으로 너무 많이 빼네. 그렇게까지 깐깐하게 할 필요 없어요. 그러다간 힘들어서 오래 못 해요."

선배 농부들의 조언과 격려를 들으면서 그렇게 조금씩 오이 포장의 실력을 늘려 왔다. 느리지만 꼼꼼한 장점이 있다고 스스로를 위로하면서 어떤 때는 실력이 늘고 있다는 확신으로 기운을 낸다. 그러다 산처럼 쌓여 있는 오이들이 때로는 두려워지기도 하지만 여전히 같은 자리에서 오이들을 포장하고 있다.

오늘도 내 눈에는 예뻐 보이는 오이들의 순위를 억지로 매겨 가며 포장 작업을 했다. 어렵지만 소비자의 입장이 되어, 객관적인 눈으로 오이들의 모양을 구분하려 애썼다. 남편은 나보다 오이에 대한 애정이 더 각별하여 작업을 할 때 분류가 잘 안 되는 편이다. 내가 포장을 하면 나눠지는 품위가 남편 손에 가면 모두 '특'짜리 (최상위) 품위가 되어 버린다. 그래서 난 남편의 포장 상자를 수시로 감시(?)하는 역할도 해야 한다.

어쩌다 지금처럼 분류하는 시스템이 되었는지 속상하다. 유통 과정에서 편리하기 위해 농산물 품위를 구분한 것인데, 생산자에게는 절대적으로 불리하다. 분류 작업만 안 해도 큰 일거리 하나가

줄어든다. 못 먹는 농산물이 아니라 단지 크기와 모양이 인간들의 기준에서 못생겼다는 이유로 분류되어 형편없는 경제 가치를 주는 것이다. 진한 초록색이 아니어도, 쭉쭉 뻗지 못하고 굽어진 모양이어도 맛은 똑같다. 얼마 전 검색을 하다가 못난이 농산물만 파는 온라인 판매처가 있다는 것을 봤다. 농가에서 직접 받아서 유통 단계를 줄여 팔기 때문에 소비자들은 싼값에 싱싱한 농산물을 먹을 수 있다는 장점이 있어 많이 찾는다고 한다.

농사의 90%는 하늘이 한다는 말이 있다. 아무리 시설을 좋게 만들어 농사를 지어도 날씨에 큰 영향을 받기 때문에 생긴 말이다. 햇빛, 기온, 가뭄, 장마, 태풍 등 인간의 힘으로는 어찌할 수 없는 변수가 많기에 아무리 애를 써도 허망한 결과가 올 때도 많다. 그런 농산물을 공장에서 기계에 의해 똑같이 만들어지는 생산물과 같은 척도로 판단하는 것은 잘못된 일이다. 하지만 농산물에 대한 특수성이 인정되지 않는 현실이니 답답하고 억울하다. 정부에서 외국과 무역협정을 할 때도 부가가치가 높은 전자제품과 자동차를 수출하고 값싼 수입 농산물을 수입하기로 결정을 한다. 고추나 마늘의 공급량이 현저히 줄어 가격 폭등이 예상되면 곧바로 수입량을 늘려 가격 조정을 한다. 그뿐 아니라 물가가 올라 장바구니 시세가 비싸지면 가장 먼저 정부에서 잡는 것은 농산물 가격이다.

우리가 농부라서 우리에게 유난히 불리한 정책들이 눈에 띌 수 있다. 하지만 아무리 서민들을 위해 하는 정책이라 고통을 분담해야 한다고 생각하려 해도 농민들에게 유리한 정책은 거의 없었던 기억이다. 누군가는 농업 지원 정책이 그런 억울함을 채워 준다고 생각할지 모른다. 많은 정책들이 현실과 괴리감이 있는 것처럼 농업 정책도 마찬가지다. 정책을 수립하는 과정에 농부의 목소리가 담기지 않아서일 것이라고 추측한다.

 소비자들의 인식도 변해야 하는데 과연 그런 날이 올지 모르겠다. '이왕이면 다홍치마', '보기 좋은 떡이 먹기도 좋다'는 생각을 농산물을 고를 때도 적용하면 키우는 농부들의 부담이 커지고 그 영향은 농산물에도 미친다. 예쁘게 키우기 위한 노력을 인위적으로 할 수밖에 없으니 몸에 좋은 농산물을 만드는 것에만 집중하기 어렵다. 부당한 시선에 속상하고 현실을 변화시킬 수 없어 답답하다. 이런 현실 속에서도 우리는 묵묵히 일을 한다. 하늘이 어떤 변덕을 부리든, 힘들게 키운 농산물이 제값을 못 받든, 정성을 다해 작물을 키우는 한결같은 농부일 뿐이다.
 며칠 있으면 출하를 시작한다. 오이가 쏟아지는 행복한 시절이 올 것을 대비하여 작년보다는 향상된 실력으로 포장 작업을 하길 기대해 본다. 기대를 하긴 하지만 현실은 기대 이하여도 스트레스를 받거나 나를 괴롭히지는 않아야 한다. 그동안의 나를 보면 맘먹은 대로 안 되면 화내고 스트레스 받고 그러다 두통에 시달렸다. 다행히 박 대표는 나의 느림을 원망하지 않는다. 나 같으면 화도 내고, 소리도 지를 것 같은데 희한하다. 그러니 아무리 느리고 쓸데없이 꼼꼼해도 스트레스 받지 말고 하루하루 할 수 있는 만큼만 해내면 된다. 마음을 편안히 하고 최선을 다하면 되는 거다.

예민한 오이 씨

비닐하우스 전기 공사를 한 업체의 사장님이 A/S를 하러 방문하
셨다. 비닐하우스를 지지하는 파이프에 매달린 줄에 오이 줄기를
집게로 잡아서 세워 둔 모습을 한참 동안 바라보더니 신기하다는
듯 내게 질문을 하셨다.

"저렇게 집게로 걸어 두면 오이들이 알아서 줄을 감고 올라가
요?"

"네?" 뜻밖의 질문에 무슨 말인지 이해가 안 되어 반문을 했다가

"아니에요. 저렇게 잡아 둔 채로 줄기가 길게 자라면 쓰러지기
전에 사람이 손으로 하나씩 줄기를 내려 주는 거예요. 오이가 자라
는 대로 그냥 뒀다가는 줄기가 엉켜서 예쁘게 키울 수가 없어요."
라고 설명해 드렸다.

"어쩐지, 너무 똑같이 일정하게 매달려 있긴 하네요. 내가 오이 키우는 농장을 처음 구경했는데 신기하네요. 그나저나 저 많은 오이를 일일이 다 손으로 잡아서 내리려면 엄청 힘들겠어요. 비닐하우스 농사가 힘들다는 얘기는 들었는데 이렇게 보니 정말 힘드실 것 같아요."

"어렵죠. 비닐하우스 농사 중에서 특히 오이가 어려운 편이에요. 예민하기로 치면 최고의 작물일 거예요."

우리의 어려움을 알아주는 사람을 만나니 반갑고 고마운 마음에 처음 만난 분에게 이런 얘기까지 했다.

"그래요? 비닐하우스가 다 거기서 거긴 줄 알았지 오이가 특히 더 힘든지는 몰랐네요. 거기다 저 많은 오이 줄기를 사람이 일일이 내려 준다니."

"저희는 매일 하는 일이라 당연하지만 모르는 사람들은 사장님처럼 생각하겠죠."

"오이 농사짓는 분들 고생이 참 많네요."

"농사일만 그런가요. 먹고사는 일이 다 어렵죠."

전기 업체 사장님 말처럼 오이는 넝쿨손이 있어서 가만히 둬도 알아서 감고 올라가는 식물이다. 하지만 사람이 줄에 일일이 집게로 집어 세워 주는 이유는 관리의 편리와 오이의 모양을 예쁘게 만들기 위해서다. 오이 맘대로 넝쿨이 뻗어 가도록 둔다면 일정한 높이에서 열매를 키울 수도 없고 모양도 제멋대로 나올 것이다. 텃밭에서 내가 먹을 것만 키운다면 그런 방법으로 키우겠지만 대량 생산하는 오이를 그렇게 키웠다가는 망할 것이 뻔하다.

소비자가 선호하는 생산물을 만들기 위해서 오이를 세워 주는 수고 정도는 당연하게 여겨 왔다. 그뿐인가, 오이에 있는 작은 가시가 떨어질까 봐 마치 아기 다루듯 정성껏 돌봐 주어야 한다. 눈에 잘 보이지도 않는 작은 가시가 떨어지면 신선도가 떨어져 보인다. 그래서 잡을 때도 조심스럽게 가시가 없는 부분만 잡아야 한다. 이러한 작업들은 오이를 위한 것이 아니다. 시장에서 잘 팔리는 오이를 만들기 위해서다. 농산물 도매시장에서 다른 농장 오이들보다 색깔도 더 진하고 가시도 생생하게 보여야 500원이라도 더 받을 수 있다.

오이 수확이 한창일 때, 컨테이너 박스마다 가득 찬 오이들을 보면서 공장에서 만들어진 제조품이었으면 좋겠다는 생각을 할 때가 있다. 공장에서는 기계에서 제품을 찍어 모양과 크기를 똑같이 만들 수 있지만 농산물은 자연물이라 그렇게 할 수 없는데 일정한 크기와 모양으로 키워 시장에 내놓아야 높은 가격을 받는다. 각기

다른 모양과 크기로 나오는 오이를 보면서 상품의 차이를 고민하지 않아도 되니 마음이 편할 것 같다는 얘기다. 박 대표가 상품 가치를 제대로 인정 못 받는 못난이 오이를 수확할 때 하는 말이 있다.

"농산물이라는 게 품종이 같아도 날씨와 계절에 따라 엄청 달라지는 거여. 근데 그걸 기계로 찍어내는 것 마냥 똑같이 만들어 내라는 게 말이 되냐구. 시장 사람들더러 한번 와서 농사를 지어 보라구 해야 돼."

크기와 모양뿐 아니라 색도 중요하다. 꼭지 부분은 진한 녹색이고 밑으로 갈수록 살짝 얇아지면서 색이 연해진다. 오이의 색을 좌우하는 것은 햇빛인데 잎이 커서 햇빛을 가려 오이가 빛을 직접 받지 못하면 색이 연해진다. 소비자들은 녹색이 진한 오이를 선호한다. 맛은 전혀 차이가 없는데 보기에 맛이 없어 보여 제값을 못 받게 된다. 그러한 이유로 종묘 회사에서는 진한 녹색을 띄는 오이 품종을 개발하기도 한다. 오이 잎의 크기도 색깔에 큰 영향을 미친다. 오이 잎이 크면 광합성을 하기 좋지만 오이 열매에 닿아야 할 햇빛을 가려 오이 색을 흐리게 만든다. 반대로 오이 잎이 작으면 햇빛을 잘 받기는 하지만 광합성을 하기 어려워 생장에 나쁜 영향을 미친다. 그렇기 때문에 오이 잎을 크지도 작지도 않고 적당한 크기로 키워 내는 기술이 필요하다. 뿐만 아니라 오이 잎이 무성한 부분은 잎을 떼어 내어 바람과 햇빛이 잘 통하도록 해야 한다.

  이렇게 예민한 오이들 때문에 매일 아침 해가 뜨고 오이들이 깨어나기 시작할 때 박 대표는 오이 잎과 넝쿨손의 휘어짐, 잎의 색과 크기 등을 관찰한다. 오이를 잘 관찰하여 상태를 제대로 파악하는 것이 박 대표의 가장 중요한 역할이다. 매일 한 번씩은 기본적으로 관찰하고 작업 중간중간 세밀한 관찰도 필요하다. 공부해야 할 내용은 많은데 중년의 나이에 해야 하는 것은 또 하나의 어려움이다. 그렇다고 공부한 대로 현장에서 그대로 적용되는 것도 아니기 때문에 산 너머 또 산이다. 해도 해도 끝없는 공부에 지쳐도, 내팽개치고 싶을 정도로 낮은 경매가를 줘도, 우리가 선택한 이 길을 걸어야 하니 묵묵히 나아갈 뿐이다. 다행히도 시간이 지날수록 감정이 둔해지고 있다. 아마도 살아 내려면 그래야 하니 생존의 본능으로 그렇게 스스로를 진화시키는 것 같다. 그렇게 오늘도 오이와 함께 성장하고 있다.

농사도 사회생활이지

난 사람을 좋아한다. 외로움을 가장 힘들어한다. 혼자 놀기를 잘한다고 생각하고 싶은데 사실은 혼자 잘 놀고 싶다. 외롭다고 주변 사람들을 귀찮게 하고 싶지 않다. 하지만 힘들 때는 어김없이 누군가를 찾고 있는 나를 보게 된다. 그때는 배려의 마음도 사라지고 그저 나의 힘듦을 나눌 수 있는 사람을 찾느라 전화기의 연락처를 계속 올려 보게 된다. 다행히 많지는 않아도 그럴 때 나의 얘기를 들어줄 친구가 몇 명은 있다. 난 어릴 때부터 두루두루 많은 친구들과 친하기보다 마음 맞는 몇 명과 각별하게 지내는 것을 좋아했다. 그렇게 하려면 친하게 지내고 싶은 친구들에게 내가 먼저 다가가고 한 번이라도 더 연락해야 했다. 어렸을 때는 그렇게 하는 내가 구차해서 싫을 때도 있었는데 어른이 되고 보니 어떤 관계든지 나의 행동과 반응, 노력에 의해서만 유지되는 것이니까 그건 당연한 일이라는 생각으로 바뀌었다.

농사일을 하면서 알게 된 관계는 대부분 남편의 지인들이다. 그지인들의 부인과 나의 인간관계가 형성되는데 아쉽지만 아직까지 친분이 두터운 사람은 없다. 서로 필요할 때 연락하는 정도다. 나이도 거의 10살 이상은 많은 분들이 대부분이고 농사일 이외에는 대화의 소재가 없다. 친하게 지내고 싶은 몇 분에게 가까워지기 위해 시도를 해 본 적은 있으나 아직까지 성공한 적은 없다. 나이가 비슷하지 않아도 같은 일을 하니 공감대가 있어 가능할 것도 같은데 대화가 길게 이어지지 않는 것을 보면 뭔가 서로 맞추기 어려운 부분이 있나 보다. 어떨 때는 나한테 농부가 지녀야 할 무언가가 빠져 있나 하는 의심을 할 때도 있다. 그런 마음이 들만도 한 것이 농부가 된 지 20년이 넘었는데 아직도 뭔가 부족한 것이 많다는 생각을 한다.

보고 싶은 친구들에게 문득 전화해 안부를 묻는 것처럼 선배 농부들에게도 안부 전화를 할 때가 있다.
"잘 지내시죠? 농사일이 힘드실 텐데 건강은 어떠신지 궁금해서 전화했어요."

"나야 뭐 괜찮지. 아픈 데 없지? 오이는 잘 커?"

"네. 저희도 별일 없어요. 오이도 괜찮구요."

간단한 안부 인사를 마치고 나니 할 얘기가 없다. 잠깐 틈을 두고 있다가 결국 끝맺는 인사를 한다.

"그럼 건강 유의하시구요. 너무 과로하지 마세요."

"그려. 잘 지내. 오이 농사 끝내고 한가해지면 부부 동반으로 맛난 거 먹으러 가자."

"네. 안녕히 계세요."

쑥스러움을 무릅쓰고 연락을 하긴 했으나 대화 소재가 금방 바닥나고 말았다. 그럼에도 불구하고 계속 노력을 했어야 하는데 그 정도의 열정과 정성은 없었다. 결국 지금도 처음 그때처럼 필요할 때만 연락하는 정도의 친밀함으로 살아가고 있다. 일로 만난 사이는 친해지려면 일을 안 할 때도 연락하여 밥도 먹고, 커피도 마시면서 소소한 일상을 나누어야 하는데 선배 농부들과 그렇게 지내지 않아서 이런 결과가 만들어졌다는 생각이다.

대부분의 여성 농부들에 비해 나는 밭농사를 중요하게 생각하지 않는다. 키울 수 있는 밭작물이라면 최대한 키워서 먹어야 한다는 생각이 없다. 처음 농부가 되었을 때 딸들을 임신하고 육아와 시집살이에 힘겨웠다. 그런 상황이니 밭농사에 나서지 않았고 안

해도 된다고 합리화했다. 시부모님과 함께 살 때 그랬으니 그분들 보시기에는 며느리가 마음에 들지 않으셨다. 어른들의 마음을 모르지 않았으나 거기까지는 내 능력이 미치지 않아 포기했다. 핑계가 되겠지만 밭농사는 경제적 보탬도 거의 안 되고 일은 어마어마하게 많다. 그리고 무엇보다 한꺼번에 농작물이 나오기 때문에 수확한 것을 다 먹지도 못하고 버리는 것이 많다. 필요한 만큼 마트에서 조금씩 사 먹는 것이 훨씬 합리적이라고 생각했다. 그런 잣대로 밭농사를 평가하는 것 자체가 그때는 몰랐지만 여느 농부들과는 다른 시선이었다.

딸들이 어릴 때는 육아때문에, 다 크고 나서는 비닐하우스 농사 때문에 고추, 콩, 고무마, 참깨 등을 키우는 일을 할 시간이 없었다. 시부모님이 주로 하셨는데 연로하셔서 할 수 없어지니 밭일에 공백이 많아졌다. 그런 이유로 한 가지씩 심는 것을 포기하는 과정 중에 있다.

밭농사 일을 대하는 자세가 보통의 여성 농부들과 다르다는 것도 어찌 보면 혼자만의 판단일지 모른다. 그 정도로 속 얘기를 하며 지내는 여성 농부들이 없기 때문이다. 같은 일을 하는 선배 언니들과 친하게 어울리고 싶은데 아직까지 그렇게 되지 않아서 아쉬운 마음이 있다 보니 이런 추측들을 하게 되었다. 어쩌면 내가 생각하지 못하는 다른 이유들로 내가 농부 세계로 완전히 빠져들지 못했을 수도 있다. 1년에 한두 번 남편들과 회식하는 자리에서나 만나는 관계가 아니라 궁금하고 걱정되어 연락을 주고받는 사이로 지내는 농부가 한두 명이라도 있었으면 좋겠다.

처음에는 농부처럼 보이지 않는다는 말이 듣기 좋았다. 억세 보이지 않고, 시커멓게 타지 않고, 헐렁한 '몸빼'가 안 어울린다는 뜻으로 들렸기 때문이다. 하지만 본격적으로 농사일을 한 지 십 년이 되어 가는 지금은 농사일에 주체가 아닌 주변인이라는 느낌에 패배자가 된 것 같아 싫다. 남들이 어떻게 나를 보는가의 문제가 아니라 내 속에 농부로서의 진지함과 진정성이 있는지 의심하게 되면서 이런 마음이 생겼다. 실제로는 농부로서 깊숙이 들어와 있으면서 마치 투박한 농부의 이미지는 거부하는 것처럼 보인다. 얄팍하게 흉내만 내는 농부말고 진짜 농부가 되고 싶다. 이렇게 글을 짓고 농사도 짓지만 둘 다 제대로 하고 싶다.

농부의 딸

   딸들은 중학교를 다닐 때, 각박한 경쟁을 하는 도시의 학교를 다니며 1주일에 3일은 방과 후 대안학교인 그물코학교를 다녔다. 더불어 사는 공동체의 중요성을 깨달은 지역의 학부모들이 십시일반 출자하여 만든 학교다. 그곳에서는 사회와 역사, 영어, 토론, 텃밭 수업을 했다. 더 높은 내신 점수를 받기 위해 학원을 다니는 것이 당연한 일이 된 현실에서 우리는 벗어난 선택을 했다. 학원 대신 간 곳에서 경험하는 것들에 혹시 거부감이 있을까 봐 걱정을 하기도 했다. 하지만 방과 후 대안학교에 대해 낯설어서 처음에 얘기했을 때는 갈 마음이 없었던 딸들이 중학교를 졸업할 때까지 꾸준하게 다닌 것을 보고 후회 없는 선택을 했다는 생각에 뿌듯했다. 우리의 선택이 긍정적인 결과를 만든 이유는 봉사하신 선생님들과 학부모들의 노력이 있었기 때문이다. 그 덕분인지 그물코학교에 오는 학생들은 왔다 갔다 하는 거리가 멀어도 번거로움을 이겨내고 모였다. 한참 자라는 아이들의 간식을 항상 챙겨 주시는 선생님도 계셨다. 이동과 간식, 가장 중요한 교육 커리큘럼까지 모든 것은 오직 아이들이 성숙한 민주 시민으로 자랄 수 있도록 계획했고 원활하게 유지되었다.

작은딸은 일반 고등학교가 아닌 충남 홍성에 있는 농업학교를 졸업했다. 입시 교육과는 거리가 먼 교육을 하는 학교였지만 더불어 사는 삶을 가르치는 교육 목표가 좋아 선택했다. 경쟁률이 꽤 높았으니 우리가 선택했다기보다는 운이 좋아 갈 수 있었다는 표현이 더 맞다.

"처음에는 일반고에 가서 입시 공부를 해야겠다더니 왜 다시 마음을 바꾼 거야?"

"그물코학교를 다녀서 그런가."

"맘에 들었던 점도 있었어?"

"선생님들이 좋은 분들 같아. 학교 설명회 갔을 때 보니까 학생들에게 관심이 많아 보였어."

작은딸에게 그곳을 소개한 사람은 바로 나다. 1년 먼저 일반고에 진학한 큰딸을 보며 무한 경쟁이 주는 스트레스가 상당하다는 것을 경험했다. 거친 세상을 살아가려면 그 정도의 경쟁은 견디고 이겨야 한다고 볼 수 있으나 작은딸이라도 성인이 되어서 스스로 선택하게 하고 싶었다. 청소년기에는 자존감을 키우고 자신의 삶을 책임질 수 있도록 가치관을 세우는 교육이 먼저라고 생각했다. 작은딸은 3년 동안 생활관에서 친구들과 함께 살면서 교육을 받았다. 그곳은 교칙도 학생들 스스로 만들고 급식도 학생들이 배식한다. 농업 실습 교육에 대한 비중이 높고 독서와 글쓰기를 많이 하도록 가르친다. 중학교 때 책을 거의 안 읽었던 작은딸이 고등학생이 되어서는 고전, 시, 수필, 소설, 비문학 책을 읽었다. 학교는 분기별로 교지를 만들어 학생들 집으로도 보내 주는데 실려 있는 아이들의 글을 읽으며 고민하고 성장하고 있는 모습을 느낄 수 있었다. 아이는 그 시절을 '힘들었지만 인생의 커다란 선물 같은 시간'이라고 표현한다.

그 학교는 졸업이라 칭하지 않고 창업이라고 한다. 학교를 마치는 것이 아니라 새로운 인생을 만들어 간다는 의미로 '창업식'이라는 명칭을 쓴다고 들었다. 창업 후 아이들은 대학을 가기도 하고 다른 길을 선택하기도 한다. 작은딸은 대학교에 입학하겠다는 선택을 했지만 입시 교육을 안 받은 상태로 대학 입시를 준비하는 것은 생각보다 어려웠다. 결국 다시 한 번 입시 준비를 하기로 결정했다. 재수를 하는 과정은 생각보다 어려웠다. 학교에서 배운 것들이 입시와는 거리가 멀어서 고1 수준의 학습부터 시작해야 했다. 그러다 보니 학습할 분량이 많았고 지쳐서 마음을 놓을까 봐 걱정도 했다. 다행히 강한 의지력으로 잘 버텨 준 덕분에 대학생이 될 수 있었다. 입학할 대학이 정해지고 나서 작은딸에게 말했다.

"곤아, 힘든 재수생 시절을 잘 보내 줘서 고마워."

"이게 다 엄마 아빠 덕분이야. 감사해요."

"다른 애들보다 공부할 게 몇 배는 많아서 조급했을 것 같아. 대단하다. 울 곤이."

나는 기특하고 대견하여 폭풍 칭찬을 했다.

"순간순간 포기하고 싶은 적도 많았는데 내가 초라해지는 게 싫어서 이를 악물고 버텼어. 내가 이렇게 강한 사람이 된 건 학교 덕분 같아. 힘들었지만 좋은 추억들이 나를 강하게 만들어 줬어. 엄마 덕분이기도 하고. 이것도 감사해요."

마냥 철없고 애기 같은 작은딸인 줄 알았는데 어느새 훌쩍 자라 나를 감동시킨다. 이런 작은 흥분들이 내가 살아갈 힘을 만들어 준다.

큰딸은 휴학 중이고 작은딸은 온라인으로 대학 1학년의 수업을 들으며 요즘을 살고 있다. 대학 신입생의 생활을 못 하는 작은딸이 안쓰럽다. 큰딸은 지난 2년 동안 대전에 있는 학교 생활관에서 살았다. 그래서 아무리 바쁜 농번기라도 도와달라고 할 수 없었다. 작은딸은 고등학교 3년 동안 생활관에서 살았고 작년에는 재수를 하느라 농사일을 도와줄 상황이 아니었다. 오히려 농번기에 재수생을 챙겨 주느라 내 생활이 더 정신없었다.

올해는 그것에 대한 보상이라도 받듯이 두 딸 모두 집에서 살면서 내 바쁜 일상의 여러 부분을 돕고 있다. 큰딸은 아침 7시부터 농장에서 일을 한다. 작은딸은 코로나 때문에 온라인으로 집에서 수업을 들으며 청소와 빨래, 고양이 돌보기 등의 집안 살림을 한다. 작은딸도 물론 수업이 없는 주말에는 농장에 함께 출근하여 일을 한다. 두 딸의 도움 덕분에 농장 확장으로 인해 늘어난 오이 수확량을 포장하면서 한밤중까지 일을 하지 않는다. 작년에는 규모가 지금의 절반이었음에도 불구하고 밤8시, 9시까지 포장하는 날들이 많았다. 하루에 12시간 이상 서서 일을 하다 보면 다리가 퉁퉁 붓고, 자려고 누우면 허리가 뻐근하며 통증이 느껴질 정도였는데 올해는 딸들 덕분에 아프지 않다.

주변 농가에서 어찌 지내는지 안부를 물으러 왔다가 농장에서 일하는 딸들을 보면 한마디씩 하신다.
"딸래민가 보네. 착하기도 하지."

"착하긴요. 이렇게 바쁜데 당연히 해야죠."

"젊은 애들이 부모 사정 봐 주기 쉽나? 저희들끼리 놀기 바쁘지."

"이번 학기에 휴학을 해서 시간이 많아 아르바이트하는 거예요. 시급 많이 쳐서 주고 있어요."

"당연히 줘야지. 딸! 엄마가 돈 안 주면 일하지 마. 알았지?"

"(겸연쩍게 웃으며) 네."

이웃은 농담을 하고 큰딸은 예의를 챙긴 대답을 했다. 주변 사람들의 칭찬에 속으로는 어깨를 으쓱하면서도 겉으로는 당연한 척한다. 벼농사 일까지 하느라 더 정신없이 바쁜 요즘에는 내게 딸이 두 명이 아니라 세 명이나 네 명이었다면 어땠을지 상상하게 된다. 예전 부모님들이 자식을 노동력으로 생각하고 농번기에 학교에 안 보내려 했던 마음도 이해가 된다. 몰려드는 농사일은 해도 해도 끝이 없기 때문에 마음이 조급해지니 그럴 만도 하다. 심지어 우리 딸들은 농부의 딸답게 훌륭한 일꾼이다.

농장 일을 하기 위해 새벽부터 애쓰는 딸들을 보면 고맙고 안쓰러운 마음이 같이 온다.

"미안해. 딸."

"뭐가?"

"엄마 아빠가 농부라 다른 애들은 안 하는 고생을 하잖아."

"난 또 뭐라구. 괜찮아."

"이제 엄마보다 키도 커지고 일도 잘하니 엄마가 딸들에게 자꾸 일을 시키게 되네. 특히 요즘 같은 때에는 더 그렇지. 딸들이 없었으면 로컬푸드매장에 출하도 못 할 것 같아. 엄마 아빠가 불쌍해서 도와주는 건가?"

"우린 잠깐 하잖아. 그리고 불쌍해서가 아니라 엄마 아빠를 사랑해서 하는 거야. 엄마 아빠가 힘든 걸 보는 게 더 힘들어. 그래서 하는 거니까 미안해하지 마."

"고마워."

가슴이 찡, 그리고 눈물이 핑. 내가 이 맛에 산다.

※ 그물코학교: 경기도 화성시에 있는 청소년 방과 후 대안학교. 자기 성찰과 공동 성장을 통하여 단단한 내면의 힘으로 평화의 삶을 살아가는 것을 교육목표로 삼고 있다.

< 출처 - 그물코학교 다음카페 >

올해의 첫 출하

모종을 심은 지 48일 만인 오늘 첫 출하를 했다. 오십 개씩 포장한 다섯 상자를 지역 농협에서 실어 갔다. 처음 수확하는 오이들은 아직 모양이 일정하지 않기 때문에 포장이 어렵다. 하지만 어려운 게 대수냐, 많이만 나오면 땡큐다. 오이가 쏟아질 때보다 이렇게 조금씩 나올 때 가격을 높게 받을 수 있다. 날씨가 더워져 하룻밤 사이에 오이가 한 뼘씩 자랄 때가 되면 오이 백 개에 만 원을 안 줄 때도 있다. 그럴 때는 쏟아지는 오이를 원망하기도 한다. 이제 첫 출하를 했을 뿐인데 벌써 가격 폭락을 걱정하다니 사서 걱정하는 성격이 맞긴 한 것 같다.

경험해 보니 공급량이 폭발적으로 증가할 때 가격은 폭락한다.

그동안 지켜본 바로는 주변 농가들이 비슷한 시기에 시작해서 또 다들 같은 시기에 접는다. 시작하고 끝내는 시기를 조금씩 조절하여 공급량이 폭증하는 현상을 줄일 수는 없는 것인지 궁금하다. 적어도 지역 농협의 작목반 농가들만이라도 출하 시기를 조절할 수는 없는 걸까. 하던 대로 하는 것이 몸에 배어 바꾸기 어려운 것인지 아니면 오이를 키우기 좋은 때가 딱 그때여서 다들 그 시기에 해야 하는 것인지 아직 명확하게 판단이 되지 않는다. 남편에게 질문하니 시설을 짓고 환경을 만들어 주어 키우는 것이기 때문에 성장에 좋은 시기가 정해져 있는 것은 아니라고 했다. 그렇다면 우리부터 변화를 시도해 보면 안 될까? 또 한편으로는 몇 십 년씩 농사를 해 온 사람들이 그렇게 할 때는 그럴 만한 이유가 있는 것인데 아무것도 모르고 이렇게 생각을 하는 것인지도 모르겠다.

내가 고집을 부려 심는 시기를 바꿨다가 오히려 나쁜 결과가 오게 되면 원망을 듣게 될 것 같아서 여태 그냥 하는 대로 보기만 했다. 다음이라고 내가 달라질지 의문이다. 비겁하게도 나는 결정적인 순간에 뒤로 물러서는 편이다. 모험을 해 보기에는 우리의 상황이 여유롭지 못하기 때문에 또 하던 대로 하게 될 확률이 크다. 남들 하는 대로 따라하면 크게 성공하지는 못하지만 그렇다고 혼자 망하는 일도 적기 때문이다. 위험이 커야 수익도 커지는 경제 원리는 농업에도 적용된다. 소심한 우리는 위험을 감수하기보다 회피하는 유형이다.

다른 해에 비해 올해는 농사가 잘되어야 한다는 간절함이 더 크다. 처음 시작했을 때보다 걱정도 크다. 농장 규모가 커질수록 운영 비용으로 인한 위험이 커지기 때문이다. 아무것도 모르던 처음보다 경험이 있어 뭘 좀 알게 되니 두려움도 더 커진다. 그동안 배운 것이 있으니 그때와는 다르다고 위로하지만 농사에는 워낙 다양한 변수들이 있기에 마음을 놓기는 어려울 것 같다.

"올해는 잘될까?"

"잘되겠지."

"에이, 그런 게 어딨어."

나는 박 대표의 성의 없는 답변이 별로였다. 그의 생각을 더 듣고 싶어서 대화를 이어 갔다.

"올해는 투자를 했잖아. 그래서 그런지 다른 해보다 걱정이 더 많은 것 같아."

"걱정한다고 뭐가 달라지나. 그냥 하던 대로 하는 거지."

역시 한결같은 박 대표다. 걱정할 시간에 일이나 하자는 말씀인 거다.

"그래, 알았어. 열심히 하겠습니다."

남편과 이런 내용에 대해 대화를 하면 매번 똑같다. 투자 비용이 커서 걱정되면서 아닌 척하기는. 그래도 다행인 것은 남편은 지구력이 강하다는 점이다. 무슨 일이든 오래 버티다 보면 희미하게라도 길이 보이는 법이니 거기에 기대를 걸어 봐야겠다.

2부

급할수록 천천히

　오랜만에 농장에 출근을 했다. 매일 출근을 결심하고 실천을 하다가 2년 전에 한 수술 부위에 문제가 생겨 쉬는 중이었다. 수술했던 병원에 다시 가고, 한의원도 다니면서 몸을 돌보느라 농장에 나올 수 없었다. 다행히(?) 박 대표는 매일 농장에 있다. 전적으로 농장을 박 대표에게 맡겨 놓아도 될 시기에 매일 출근을 계획했던 이유는 직원들과 아침 모임을 하기 위해서였다. 제2농장을 신축하여 농장 규모가 두 배가 되면서 운영에 대한 부담이 커졌다. 그래서 뭐든 해 보고, 달라져야 한다고 생각했다. 거기다 오이 출하가 시작되기 전까지는 작업 내용이 계속 변한다. 오이를 수확하는 때가 오면 일의 시작은 오이 따기, 일의 끝마침은 오이 줄기 유인 작업. 이렇게 단순하고 명확하게 규칙이 생기지만 오이가 어릴 때는 해야 할 작업의 종류가 그날그날 달라진다. 무슨 일을 해야 하는지, 직원들의 불편함은 없는지 일정한 시간에 만나 얼굴 보고 의견을 교환할 마음도 있었다. 바쁜 시기가 되면 아침 모임을 어찌 할지 아직 결정하지는 않았다.

박 대표는 아침 모임에 반대는 안 했지만 적극적으로 실천하지 않았다. 시작했던 며칠 동안 난 속이 터져 미치는 줄 알았다. 그렇게 하기로 동의했음에도 그 시간에 자꾸 혼자 다른 행동을 했다.

"왜 자꾸 모임 시작 시간에 다른 곳에 있는 거야?"

"내가 그랬나? 모르겠는데. 당신이 그냥 하면 되지 나까지 있어야 되나?"

'뭐라구? 나 원 참 기가 막혀서.' 이런 말을 그냥 뱉고 싶었으나 참았다. 싸움을 할 생각은 없었고 내 의견을 제대로 전달하려면 감정을 뺀 정제된 말을 해야 했다.

"나 혼자 아침 모임을 하면 안 되는 이유가 있지. 작업 진행 상황에 대해 당신이 명확히 알고 있고 나는 어쩌다 출근을 하니까 모르는 게 많잖아."

"그럼 매일 새벽에 출근하면 되겠네. 나처럼 쉬는 날도 없이 농장에 있으면서 직원들 작업 지시하고 작물을 보고 일을 해야 농장 돌아가는 상황을 제대로 알지. 지금처럼 어쩌다 나와서 잔소리만

하면 안 되지.”

"뭐라고?"

순간적으로 가슴 깊은 곳에서 뭔가 빛의 속도로 치밀어 올라오는 것이 느껴졌다. 박 대표에게 속사포처럼 그동안 마음에 담아 뒀던 불만들을 쏟아 낼 절호의 기회가 왔다. 잘해 보자는 마음으로 변화를 요구한 나에게 제대로 일이나 하면서 참견을 하라는 얘기였다. 별거 아닌 일로 언성을 높이며 싸우게 되는 바로 그 상황이었다. 참고 싶었다. 하지만 내 의지대로 말과 행동이 표현되면 얼마나 좋을까? 결국 우리는 서로의 잘못만을 끄집어내며 상대에게 상처를 주는 말들을 쏟아 냈다. 말하면서도 후회할 줄 알았는데 여과 없이 나오는 말들을 감당할 수 없었다. 서로 잘해 보겠다는 공통된 마음이었지만 결과적으로는 어리석은 싸움을 하고 있었다. 오랜 시간을 함께 지내다 보니 자주 일어나는 일이지만 적응할 수는 없는 일이다. 싸움을 적응하다니. 말도 안 되는 일이다.

아침 모임을 만드는 이유를 충분히 설명했다고 생각했는데 아니었나 보다. 하긴 내 기준에 충분한 설명이었어도 그 사람에게는 아니었을 수 있다. 나도 처음 해 보는 것이니 해 봐야 좋은지 나쁜지 알 수 있는데, 괜한 짓을 하는 것일까 걱정하는 마음도 가득한데, 남편이 비협조적이니 속이 탔다. 오늘도 아침 모임 시간에 내가 농장에 나가지 않기 때문에 어떻게 진행되고 있는지 알 수 없다. 이왕 만든 규칙이니 잘 활용을 해야 앞으로 어떤 방향으로 직원들과 소통을 할지 도움이 될 텐데 그게 잘 안 된다. '직원들과의 소통'이라는 목적에 잘 맞는 시도인지도 할수록 애매하긴 하다. 박 대표의 반응도 그렇지만 직원들을 살펴봐도 '도대체 왜 안하던 걸 하는 거지?' 하는 표정인 것 같다. 새롭게 확장된 농장에 뭐라도 달라져야 한다는 강박이 내 속에 있는 것 같다. 도움이 되든 안 되든 한 달 만이라도 지속해 보고 필요 여부를 다시 결정하고 싶은데 지금의 분위기로 봐서는 계속할 필요가 없어 보인다.

농장을 확장하기 위해 대출금이 늘어났다. 늘어난 빚만큼 잘해야 한다는 부담이 커졌다. 불안감으로 난 뭐든 변화를 시도하려 했고 박 대표는 원래 하던 대로 꾸준함과 성실함으로 걱정을 무디게 하려 했던 것 같다. 무엇이든 우선 하고 보는 나와 달리 박 대표는 새로운 일을 결정하고 실행하는 데 시간이 오래 걸리는 편이다. 대다수의 사람들이 원래 하던 대로 하는 것을 선호하겠지만 내가 보기에 그는 유난히 더 그런 것 같다. 변하는 데 오래 걸리는 대신 그 상황을 만든 후에는 꾸준히 계속 해낸다. 팔딱팔딱 거리는 내 성격과 달라 답답한 적도 많은데 시간이 흐른 뒤에는 나에 비해 월등히 잘 해내는 모습에 결국 인정하게 된다. 그런 성향인 줄 알면서 마음이 다급하다는 핑계로 또 그를 재촉했다. 변화하는 것을 힘들어 하는 사람이 이렇게 시설 재배를 시작하고 거기다 확장까지 하고 있으니 기특하고 장하다고 칭찬을 해 줘도 모자란데 자꾸 더 잘하라고 채찍질을 하고 있다. 그의 노력은 당연한 게 아니다. 그 노력에 대해 감사하고 칭찬하는 것이 우선이다.

일상에 오로지 농장뿐인 그에게 여가를 만들어야 한다는 말을 할 때가 있다.

"당신한테는 농장 일 말고 다른 일상이 없는 것 같아. 안 그래?"

"그렇지. 먹고 자는 시간 말고 다 농장 일이지."

"답답할 때 없어? 일 말고 다른 거 할 시간이 필요해."

"나도 그러고 싶지. 그런데 그게 되나."

"여가가 생기면 뭘 하고 싶은데?"

"(한참을 말이 없다가) 모르겠어."

가슴이 먹먹해진다. 생계를 위해서 모든 일을 뒤로 미뤄 두고 살다 보니 이제 여가가 생긴다고 해도 뭘 할지 모르겠다고 한다. 일상에 일뿐인 그에 비해 나의 생활은 다채롭다. 그보다 친구들도 자주 만나고 내가 좋아하는 사람들이 있는 협동조합 카페에도 들른다. 농장에서 벗어나는 시간들이 그에 비해 훨씬 많다. 매일 자라는 농작물을 두고 며칠씩 출근을 안 할 수 있는 것은 박 대표가 농장에 붙박이로 있기 때문이다. 그의 희생이 안쓰럽고 고맙다.

매일 밤 울리는 문자 알림

우리는 지역 농협에 공동 출하를 한다. 농협에서 출하 회원들의 농산물을 모아 서울에 있는 농산물 유통 회사로 배송을 한다. 유통 회사에서는 매일 밤마다 경매를 하고 그 결과를 농가에 문자로 알려 준다. 문자를 받은 우리는 유통 회사 사이트에 들어가 다른 농가들의 결과도 검색한다. 그렇게 하면 우리의 성적(?)을 알 수 있다. 그동안 상위권에 있을 때와 하위권에 있을 때를 다 경험해 봤다. 그까짓 숫자가 뭐라고 학창 시절 성적표처럼 마음을 졸이는지 모르겠다. 아니 지금의 성적표는 생계와 직접 연결되니 오히려 간절하다는 표현이 적절하다. 거기다 경매 결과를 보면 그날의 수입을 정확히 알 수 있으니 새벽에 울리는 문자 알림 소리에 눈이 떠지고 조회를 해 보는 것은 당연하다.

"딩동."

문자 알림 소리에 나는 잠에서 깼다. 동시에 박 대표가 메세지를 확인하는 소리가 난다.

"청과시장 알림이지? 얼마래?"

이미 잠에서 깼으니 얼마인지 알고 싶어 물어봤다.

"이만 오천 원(50개~55개를 넣은 한 상자)."

"그 정도면 괜찮은 거야?"

우리 오이의 성적이 궁금해서 다시 잠을 자려다 물어봤다.

"그냥 그래. 오늘 오이가 너무 얇았잖아."

예상대로 경매 가격이 좋지 않아 속상해진다. 다른 오이들의 경매 결과가 궁금하지만 조회해 보지 않았다. 내일의 노동을 위해 자야 하니 불편한 감정을 추스르고 잠을 잔다.

출하를 하는 기간 동안은 새벽에 울리는 문자 알림을 들을 때마다 다양한 감정들이 생긴다. 어느 날은 알림을 듣고도 애써 모른 척하는 날이 있다. 오이 상태가 좋지 않은 날, 공급량이 나날이 늘어나 하루가 다르게 가격이 폭락하는 날들, 너무 지쳐 있어 경매 가격이 나를 더 힘들게 할까 걱정되는 날들이 그랬던 것 같다. 반대로 오이도 좋고 나의 컨디션도 좋으면 문자 알림을 기다리기도 한다. 다른 농가들은 어떨지 모르겠으나 경매 결과에 따라 다음 날의 내 작업 상황도 변한다. 만족스러운 결과가 나왔을 때는 마음 편히 하던 대로 하면 되지만 그렇지 않은 경우에는 오이 포장을 더 신중하게 하게 된다. 길이, 모양, 색깔에 대한 구분을 더 깐깐하게 하느라 노동 속도 또한 느려진다. 마음가짐이 달라지는 것은 당연한 결과지만 객관적으로 다시 생각해 보면 오이의 상태가 변하는 것이 아니기 때문에 포장을 깐깐하게 한다고 해서 경매가가 좋아질 수는 없다. 하지만 그런 줄 알아도 나의 노력으로 결과가 달라지길 기대하며 꼼꼼하게 오이를 포장하게 된다.

오이가 많이 나오지 않을 때는 3~4시간 정도면 포장 작업이 끝나지만 출하 시기 대부분은 10시간 이상 선 채로 일을 하는 날들이 많다. 힘들어도 성적만 좋으면 돈 벌리는 재미로 힘듦이 견뎌진다. 하지만 지금의 오이들은 심하게 가늘기 때문에 나를 어렵게 만들 거라 예상된다. 오이들을 내던지고 싶어질지 모를 그때를 위해 지금부터 마음의 준비를 하고 있어야 한다. 아무리 깐깐하게 작업을 해도 결과가 만족스럽지 않을 것이니 내가 쏟은 에너지만큼의 보상을 바라면 안 된다. 다시 오이들이 좋아질 때를 기다려야 한다. 처음도 아니고 10년이 다 되도록 경험해 보지 않았는가. 사는 것도 그렇지만 오이 농사 역시 좋을 때도 있고 나쁠 때도 있다. 다 알면서도 막상 행동으로 옮기는 것이 어려운 것은 농사에도 마찬

가지다. 경매 가격에 따라 달라지는 내 감정을 보면 부끄럽고 한심하기도 하다. 일희일비하지 말고 어떤 상황이든 초연하게 지나고 싶다. 속은 어떨지라도 겉모습이라도 대범해 보이고 싶다. 진심이 아니면서 남들 보기에는 태연한 척하고 싶은 것이 오히려 더 부끄러운 것이라는 생각도 한다. 안과 밖이 같아야지 다른 사람의 시선에 좌우되는 내 감정이 근본적인 문제다. 어마어마한 강도의 노동을 하면서 이렇게 복잡한 감정까지 끌어안고 하다 보면 에너지가 바닥난다.

"힘들어."

나의 힘듦을 토로할 가장 편한 대상은 역시 박 대표다.

"또 왜?"

또 올 게 왔다는 반응이다. 귀찮아하는 것 같아 순간 열이 확 올랐지만 아쉬운 건 나다.

"오이 값이 잘 안 나오니까 힘들잖아."

"으이구. 어쩔 수 없지 뭘 그래. 며칠 지나면 좋아질 거야."

박 대표는 항상 좋아질 거라 말한다. 좋아질 때까지 기다리면 좋아지긴 하니까 결국 좋아지는 건 맞는 건가? 박 대표에게도 뾰족한 수가 있을 리 없다는 것을 알지만 나를 공감해 달라고 요청하게 된다. 믿을 사람이라고는 그래도 박 대표뿐이라 다른 방법이 없다.

힘들어도, 기분 좋은 일이 생겨도 나와 함께할 유일한 사람이 박
대표이기 때문에 별다른 기대가 없어도 요청을 한다. 평소에는 모
른 체 살다가 경매 가격을 대하는 나를 보면 평가에 민감한 유형이
라는 생각을 한다. 알면서 고치지 못하는 여러 가지 중에 한 가지
이다. 제발 이제는 고요하고 평화로운 감정으로 노동을 하고 싶다.

먹고살 정도 법니다

"요즘은 오이 한 상자에 얼마나 하나?"

농장 앞을 지나다 들른 동네 사람이 오이를 구경하다가 묻는다.

"경매가요? 그거야 매일 변하죠. 하루아침에 몇천 원 씩 떨어지는 날도 있는 걸요."

대답하기 싫어 대충 얼버무리려 하는 내게 다시 질문이 들어온다.

"어제는 얼마였는데?"

"(잠시 머뭇거리다) 이만 원이요."

더 이상 대화를 이어 가기 싫어 포기하는 마음으로 대답을 한다.

"많이 떨어졌네. 며칠 전에 오이 하우스 하는 내 친구는 삼만 원이라던데."

그리고 바로 이어지는 질문.

"몇 상자 나오는데?"

"네? (약간의 틈을 두어) 스무 상자요."

"많이 나오지는 않네."

'차라리 하루에 얼마 버냐고 물어보는 게 어떠신지.' 하고 난 속 엣말을 했다.

별 뜻 없이 한 질문일지도 모른다. 그저 논에 물을 대러 왔다가 단순히 오이가 궁금해서 들렀던 것이고 그러다 오이 시세가 궁금해졌고 이 정도 규모에는 오이 생산량이 얼마나 되는지 알고 싶어서 질문한 것일 수 있다. 하지만 이렇게 글감이 될 정도로 가슴에 남아 있는 것을 보면 나에게는 단순하지 않았던 것이다. 그때 나는 이웃 사람이 무례하다고 생각했지만, 나이가 나보다 훨씬 많은 분이었고 괜히 동네에 버릇없다고 소문날 것이 두려워 묻는 말에 미련스러울 정도로 솔직한 대답을 했다. 그렇게 하고 나서는 나의 미련함을 후회했다. 직장인이 연봉이 얼마냐는 질문을 받으면 어떤 반응을 할까? 당연히 황당하지 않을까? 그 순간에 내가 그 이웃의 농사 연소득을 질문했다면 어땠을까? 찬물을 끼얹은 듯 냉랭해졌을까? 속으로 한 혼잣말을 그 이웃에게 들리도록 했다면 어땠을까? 동네에 나의 싸가지 없음이 순식간에 퍼졌을까? 혼자서 이 생각, 저 생각을 하며 화를 냈다가 다시 마음을 식혔다.

어떤 상황에 나는 좀 예민하게 반응하는 편이다. 상대는 아무 의도 없이 한 행동과 말일 수 있지만 나는 여러 각도에서 해석하고 판단하는 편이다. 나 혼자 꼬리에 꼬리를 무는 상황으로 연결시켜 말도 안 되는 소설을 쓰는 경우도 꽤 있다. 긍정적인 방향보다는 부정적인 방향으로 흐를 때가 많은 것이 문제다. 보이는 게 다가 아니라 상대방에게 저의가 있다는 절대적인(?) 믿음이 있다. 우리 언니는 나의 이런 성향을 지랄 맞다고 표현한다. 나도 인정하는 부분이라 반박하지 않는다. 다음에 또다시 그런 상황이 만들어지면 어떻게 대처해야 후회하지 않을지 생각해 본다. 차분히 기억해 보니 그 이웃 말고 다른 사람들도 오이 시세를 물어본 적은 여러 번 있었다. 그때가 유난히 노골적인 질문이어서 뇌리에 깊게 새겨져 있던 것뿐이다.

정신 건강을 위해 생각의 방향을 다르게 틀어 본다. 농산물의 시세는 등락의 폭이 크니 안부를 묻듯 오이 가격을 질문할 수 있다. 푹푹 찌는 비닐하우스 안에서 그렇게 고생을 하니 보상을 제대로 받는지 걱정되어 묻는 것일 수도 있다. 같은 농부의 입장에서 잘되길 바라는 마음에 호기심이 발동할 수 있다. 이렇게 나열해 보니 이웃들이 무심히 보내는 관심을 내가 과하게 왜곡한 것 같기도 하다. 노동에 에너지를 쏟기도 부족한데 상황을 부정적인 방향으로 몰고 가지 말고 무덤덤하게 받아들이길 바란다. 내가 생각하는 것보다 남들은 나에게 관심이 없다.

오이 농사를 끝내고 이웃이 궁금해했던 수익을 따져 봤다. 수입과 지출의 항목을 구분하고 총수입과 총지출을 계산하여 순수익을 알아야 한다. 올해는 농장을 확장한 첫 해이기 때문에 다른 때보다 더 떨리는 마음으로 정산을 했다. 학창 시절, 시험을 보고 점수를 매길 때의 두근거림과 긴장감이 이와 비슷할 것 같다. 농산물의 시장 가격과 생산량은 오르고 내리기를 거듭한다. 그러한 변화에 둔해져야 일을 할 때 평정심이 유지된다. 그렇게 해야 힘이 덜들기 때문에 의도적으로 둔해지려 애쓴다. 하지만 평가는 냉철하고 객관적으로 해야 한다. 결과를 분석하여 어느 부분이 부족했는지, 무엇을 잘했는지 알아야 다음 농사에 활용할 수 있다. 그러한 이유로 정산은 꼭 필요하다.

우리 농장의 오이 판매 경로는 농협 출하, 로컬푸드직매장 출하, 직접 판매 이렇게 세 가지다. 농협에 출하하는 방법이 편하기는 하지만 판매 수수료는 가장 비싸다. 로컬푸드직매장은 올해 처음 출하해 봤는데 기대 이상의 판매량이었다. 판매 수수료는 농협에 출하하는 것보다 낮고 판매 가격은 도매시장 가격이 아닌 소비자 가격을 받을 수 있어 농가에 유리하다. 소포장해서 가격표를 붙여 직접 매장에 진열까지 해야 하는 번거로움이 있기는 했지만 포기하지 않고 끝까지 출하하기 잘했다고 생각한다. 직접 판매는 수수료가 없기 때문에 우리에게 제일 유리한 방법이다. 하지만 판매량이 적어 아쉽다. 그래도 해마다 직접 판매의 비중이 조금씩이라도 증가하고 있어 다행이다. 내년에는 로컬푸드직매장 출하와 직접 판매가 올해보다는 증가했으면 좋겠다. 포장 방법과 홍보에 관한 고민을 하여 온라인 판매까지 시작하면 더욱 좋겠다. 지출 항목에서는 인건비가 가장 큰 비중을 차지한다. 그리고 그 이외의 지출은 난방비, 포장 비용, 출하 수수료, 농약과 비료 구입 비용 등이 있다. 우리 농장의 규모에 인건비의 비중이 어느 정도를 차지해야 적당한지는 잘 모르겠다. 하지만 인건비를 줄이기 위해서는 나와 박 대표가 올해보다 더 많이 일을 해야 한다는 얘긴데 그렇게 하고 싶진 않다.

올해의 오이 가격은 다른 해에 비해 좋은 편이었다. 크게 폭락하는 날도 비교적 적은 편이었다. 그리고 보통은 6월 중순이면 10킬로그램 한 상자에 만 원이 안 될 때도 많은데 올해는 만 원 이하의 가격이 며칠 없었고 오히려 끝나 갈수록 가격 상승이 되어서 끝내기로 한 날이 되었을 때 아쉬움이 남았다. 오이 출하량도 괜찮은 편이었다. 다른 농작물도 그렇지만 예민한 오이는 유난히 병이 많다. 그중 아침저녁으로 쌀쌀할 때 제일 많이 걸리는 노균병도 살짝살짝만 앓고 넘어갔다. 오이 끝이 짓무르거나 속이 갈색으로 변하는 병에 걸리면 회복이 어려워 다 큰 오이를 한참 동안 대량으로 버려야 하는데 이번에는 병이 크게 번지지 않고 무사히 잘 지나갔다. 하지만 무슨 이유에서인지 다른 때에 비해 진딧물이 많이 생겨서 오이 표면을 까맣게 감쌀 정도였다. 처음에 대수롭지 않게 여겼다가 계속해서 진딧물이 많아져 결국 까맣게 변해 못 파는 것들이 늘어났다. 내년에는 진딧물이 없도록 더욱 신경 써서 관리를 해야겠다.

생산량 측면과 수입을 봤을 때, 올해 오이 농사의 전체적인 평가는 우수한 편이다. 좀 더 세밀하고 정확하게 기록하지는 못했지만 대략적인 분석과 평가 결과는 만족스럽다. 바쁘고 힘든 시기를 무사히 보내고 좋은 성적까지 거두었으니 올해 오이 농사는 성공이다. 내년 오이 농사는 과연 어떨지 벌써부터 궁금해진다.

채록이 되기까지

　농업기술센터에서 작지만 강한 농업인 육성을 목표로 하는 '강소농' 교육을 받았다. 6개월 동안 강의를 듣고 농가별로 컨설팅을 받을 수 있는 교육이다. 하우스 농사를 하면서 경영을 잘해야 한다는 생각을 많이 했다. 아무리 잘 키워도 농산물 가격이 떨어지면 망하게 되고, 규모를 확장할수록 생산보다는 경영에 초점을 맞춰야 한다는 것을 절실하게 느끼고 있다. 혼자서는 방법을 몰라 교육이 있나 찾아봤더니 다행히 목적에 맞는 교육이 있었고 그것이 '강소농 교육'이었다. 코로나 시국이라 아직까지 온라인 강의만 들었다. 컨설팅을 받고 싶어서 신청한 교육이었는데 현실이 허락하질 않아 아쉬움이 크다. 교육에서 중요하게 강조하는 것은 '농업경영 실천노트' 작성이다. 실천 계획과 내용을 15일 기준으로 구체적이고 명확하게 작성해야 한다. 팀을 구성하여 역할을 나누어 공동의 큰 목표를 달성해 보는 경험과 학습을 해야 했는데 코로나 때문에 여럿이 모일 수 없어서 못 했다. 수업 중에 농부가 아니라 농업 경영인이 되어야 한다는 내용이 있었다. 생산에만 그치면 이제 더 이상 살아남을 수가 없고 제값을 받고 잘 파는 것까지 해내야 한다는 것이다. 그 말을 듣고 인정하기 싫었던 현실을 다시 깨달았고 우리가 과연 앞으로 잘 해낼 수 있을지 두려워졌다. 알면서도 어려운 일이라 애써 부정하고 '농부'만 하려고 했다. 변화하는 환경에 적응하기 위해 교육을 찾아보고 새로운 지식을 배우고 있으나 무엇보다 중요한 것은 실천하는 것이다. 좋은 것은 알겠는데 그것을 현실화하는 작업은 부단한 노력이 필요하기에 두려움이 앞선다. 추진력은 좋아 쉽게 시작하지만 용두사미처럼 끝이 나약한 성향인 것이 무엇보다 걱정이다.

우선은 판매의 방법을 다양화하는 것이 1차적인 목표다. 지금처럼 유통 업자만 배불리는 판매 방법은 노력하면 할수록 기운이 빠진다. 재주 부리는 곰의 역할은 자존심이 상한다. 직접 판매하는 방법이 최선인데 그것 또한 어찌해야 할지 막막하다. 조금이라도 시도를 하기 위해서는 마케팅에 대한 책을 읽고 강의를 찾아 들으며 공부를 해야 한다. 하지만 일이 바쁠 때는 그럴 시간이 없다. 그래도 뭐든 해 볼 생각이다. 우선 블로그와 SNS , 로컬푸드매장을 활용할 생각이다. 그리고 그동안 농장에 오거나 지인을 통해 농작물을 샀던 고객들의 목록도 만들어야겠다. 바쁜 시기가 지나면 본격적인 마케팅 공부를 해야겠다. 꾸준함이 부족해 걱정이 되긴 하지만 그래도 시작은 하겠다. 끝이 창대하지 못해도 미약한 시작이 내게는 더 필요하기 때문이다. 무엇이든 더 나은 결과를 위해 고민하고 실천하려는 내 모습이 싫지 않다. 지속적으로 실천하기 위해 더 큰 노력을 해야 하는 부담이 있지만, 우선은 미리 겁먹거나 포기하지 않고 천천히 걸어 볼 생각이다.

디자인 수업도 참여했다. 강사는 농업 디자인 업체의 대표인데 과정을 다 마치고 명함, 스티커, 전단지를 제작해 줬다. 그뿐 아니라, 여러 지역에서 강의를 해 본 강사는 다양한 농부들을 만난 경험을 들려주며 마케팅과 디자인에 대한 컨설팅도 해 줬다. 홍보지를 제작하기 위해 농장과 작물의 특징과 특별하게 강조하고 싶은 부분을 정리하는 과제가 있었다. 내가 제출한 과제를 확인한 강사님은 다른 농장과의 차별성으로 글쓰기를 꼽았다. 내가 바라는 바를 빠르게 인지하여 안내하니 신뢰감이 급상승하는 느낌도 있었다. 물론 나의 글쓰기 능력이 충분한지 여부는 뒤로 미뤄 두었다. 콘셉트를 정했으니 그에 맞게 농장 이름을 정해야 했다. 사업자 등

록을 할 생각으로 지어 둔 우리 농장 이름은 '주렁주렁'이었다. 삼십 개 이상의 농장 이름 후보 중에서 '주렁주렁'은 우리가 키우는 농작물이 모두 열매 채소여서 어울리는 어휘라 생각했고 무엇보다 단순하고 이미지가 바로 떠오르는 단어였다. 몇 달을 고민하여 만들어 둔 이름이었지만 강사님은 다른 의견을 말씀하셨다.

"제가 대표님 농장의 차별성을 글쓰기라고 했잖아요. 그런데 '주렁주렁'은 그 콘셉트와 맞지 않는 것 같아요."

"그렇네요. 전혀 다른 느낌이긴 해요."

나도 강사님의 생각에 동의했다.

"혹시 써 둔 글이 있으면 지금 제게 보여 주실래요? 글을 읽어 보면 더 확실히 알 수 있죠."

"네. 알겠습니다."

블로그를 열어 포스팅해 둔 글들을 강사에게 보여 줬다.

"대표님의 글을 읽어 보니 '주렁주렁'은 아닌 것 같아요."

"그런가요? 저는 단순하고 쉬운 이름이어야 한다는 생각이었어요. 그래서 여러 가지 이름들 중에서 고심 끝에 결정했죠."

"글의 느낌이 차분하고 정직해요. 가볍고 재밌는 이름이 기억하기 쉽긴 한데 대표님의 이미지와도 안 맞아요. 농장 이름 후보들 중에 다른 것은 뭐가 있었나요?"

"그렇다면 '채록'은 어때요? '채소를 기록하다.'를 줄인 말이에요."

나는 '주렁주렁'과는 정반대 느낌의 이름을 댔다.

"좋은데요. 잘 어울려요. 대표님이 생각하신 거예요?"

"아니죠. 스물한 살인 작은딸이 추천한 이름이에요."

"역시 젊은 감각이 좋네요. 대표님은 어떠실지 몰라도 제 생각엔 '채록'이 잘 어울려요."

"그런가요? 그렇다면 조금 더 생각해 보고 확정할게요."

"네, 그러세요. 결정하시면 홍보 전단지에 넣고 싶은 내용까지 결정해서 메일로 보내 주세요."

수업을 마치고 강사님의 조언에 대해 생각해 보았다. 마케팅 전문가의 의견이니 적극 반영하고 싶었고 '채록'이라는 이름을 계속 불러 볼수록 입에 붙는 것 같았다. '기록하는 농장'이라는 콘셉트가 내가 바라는 농장의 상과 가깝기 때문에 더욱 맘이 갔다.

내가 바라는 농장 이름은 단순하고 재미있어 바로 기억되는 것이었지만 콘셉트와 맞지 않는다는 말은 틀리지 않았다. 글 쓰는 농부와 재미 중 하나를 선택해야 했다. 글도 쓰면서 재밌는 농부가 세상에는 존재하겠지만 나의 캐릭터는 그렇지 않다. 내가 쓰는 글 또한 재미를 지향하고는 있지만 현재는 그렇지 않다는 것을 인정한다. 어떤 글에서는 삶의 처절함이 가득하기도 하다. 기록하는 농부가 되길 바라고, 지극히 개인적인 기록이지만 읽고자 하는 사람들에게 공개하고 싶다.

고객과의 거리는 한 뼘

2월 중순부터 로컬푸드직매장에 출하를 하고 있다. 활성화된 지자체에 비하면 아직 규모가 작아 판매량이 적지만 새로운 시도를 하기 위해 시작했다. 농협에서 로컬푸드직매장을 만든 지는 몇 년 됐는데 그동안 소포장하여 직접 진열하는 일이 번거로워 출하할 생각을 안 했었다. 오이를 10kg, 또는 18kg 상자에 포장하여 농수산물 도매시장에 실어 보내는 것만도 벅찬 일이었기 때문이다. 올해부터는 힘들어도 직접 판매의 길을 열어 보기로 했다. 농수산물 도매시장처럼 로컬푸드직매장도 판매 수수료는 있지만 여러 유통 단계를 거치지 않고 직접 소비자들에게 판매할 수 있기 때문에 도매시장으로 보내는 것보다 오이 값을 더 받을 수 있는 장점이 있다.

전에는 박스 포장만 하면 끝났지만 이제는 로컬푸드직매장에 출하할 소포장까지 하고 직접 판매장에 가져가 진열을 해야 나의 일이 끝난다. 매일은 아니지만 이틀에 한 번은 나가고 있다. 작은 비닐에 오이 4개 또는 5개를 담아 빵끈으로 묶어 플라스틱 상자에 30봉지씩 담아 차에 싣고 간다. 귀찮아서 그렇지 어렵지 않다. 가장 어려운 것은 직접 포장한 오이의 가격을 책정하는 일이다. 경매 가격보다는 비싸게, 동네 마트보다는 살짝 싸게, 하지만 나의 수고로움에 대한 보상도 되는 가격을 결정해야 한다. 원가 계산을 잘해야 한다는 생각을 했다. 팔릴수록 손해를 보는 바보짓은 하지 말아야 하는데 경매 가격에 익숙하게 살아왔기 때문에 시중의 오이 가격에 아직 적응이 안 됐다. 애써 키운 오이 가격을 도매시장에서 주는 대로 받기만 해 봐서인지 주체적으로 오이 값을 매겨야 하는 일이 쉽지 않다. 내가 그동안 오이 가격을 관찰해 본 바로는 생산지 가격에서 유통 과정을 거치면 50%이상 비싸진다. 그리고 경매 가격의 등락 폭이 커져도 소매 가격에 곧바로 반영되지 않는다. 이런 유통의 규칙들을 로컬푸드매장에 어떻게 적용해야 할지 고민이 된다.

로컬푸드직매장에 출하를 한 지 한 달 정도 지났다. 매일 오후 2시와 8시에 판매 개수를 문자 메세지로 알려 준다. 처음 며칠 동안은 하루에 20~30봉지의 오이가 팔렸다. 지금은 적어도 70봉지 이상은 팔리고 있다. 언제쯤 익숙해질지 모르겠지만 아직까지는 판매 가격을 정하는 것도, 포장도, 진열하는 것도 낯설고 새롭다. 다만 한 가지 정한 규칙은 오이를 딸 동안은 로컬푸드직매장 진열대에 오이가 떨어지지 않게 납품을 한다는 것이다. 과정 중에 일어나는 다양한 일들이 있더라도 이번 생산 기간 동안에는 포기하지 않고 끝까지 해 본 후에 결과를 평가할 생각이다. 더 바빠지고 오이가 많아져도 흔들리지 말고 지금의 결정을 따라야 한다. 오이와 함께하는 삶 이외의 다른 생활이 나에게 손짓하여 적당히 발을 빼고 싶은 맘이 샘솟아도 그냥 묵묵히 견뎌 볼 생각이다. 자꾸 중언부언하는 것을 보니 자신이 없다는 표현으로 보인다. 끝까지 버티어 로컬푸드직매장의 판매 결과를 글감으로 삼는 날이 있길 바란다.

오이 생산량이 많아지면서 매일 오이를 싣고 나가고 있다. 계속 가 보니 매장이 자리한 곳이 공원이어서 휴일 낮이면 유동 인구가 꽤 많다는 것을 알게 되었다. 더구나 지난 주말은 벚꽃이 만개한 때라 더 많았다. 뭉게뭉게 피어오른 벚꽃은 아름다웠다. 활짝 핀 꽃들 아래 사진을 찍는 사람들로 활기찬 기운이 느껴졌다. 그들을 보며 벚꽃 구경 후 오이 한 봉지씩 사 가면 좋겠다는 생각을 했다. 벚꽃이 내 삶을 윤택하게 해 준다면 더 예뻐 보일 것 같다. 아름다움을 그 자체로 느끼지 못하고 돈벌이와 연결하는 모습이 속물 같다. 속물이라 비난받아도 좋으니 많이 팔리기만 하면 좋겠다. 처음에 로컬푸드직매장에 출하할 때는 그저 새로운 판매 방법을 시도해 볼 마음뿐이었는데 하루하루 지날수록 매출액에 대한 욕심이 생기고 있다. 몇 개가 팔리든지 시도 자체로 좋은 점수를 주겠다는 그 생각은 저 밑바닥에 처박아 버렸는지 어찌해야 하나라도 더 팔릴지 고민을 하는 시간이 많아졌다. 거기다 두 군데였던 오이 출하 농장이 지금은 네 곳으로 늘었다. 매출을 늘려야 된다는 생각과 그들에게 밀리고 싶지 않은 묘한 경쟁심까지 퐁퐁 솟아나고 있다. 크지 않은 지역 사회이기 때문에 그 농가들과 친하지는 않아도 얼굴은 아는 사이다. 그런 관계에서 알게 모르게 경쟁을 해야 하는 상황도 불편해지고 있다.

소포장해 간 오이 봉지들을 매대에 올리는 중이었다. 직원 한 명이 다가와 주의를 주었다.

"너무 많이 올려놓지 마세요. 폐점 시간이 몇 시간 안 남았으니 많이 올려놔도 고객들이 오늘 안 팔려 남으면 다음 날은 날짜 확인하고 하루 지난 오이라 싫어해요."

하지만 그 말에 아랑곳하지 않고 나는 최대한 많이 진열을 했다. 그러다 싸한 느낌이 들어 뒤를 보니 그 직원이 내 뒤에서 지켜보고 있었다. 뒤통수가 따가울 정도로 싫은 감정이 전달됐다. 지금도 그 순간을 떠올리면 화도 나고, 부끄럽고, 어디로 숨고 싶다. 매일 아침 매장을 오픈할 때 오이를 싣고 나가면 좋겠지만 우리는 농협 APC(생산지공동출하센터)에 출하하는 물량이 많기 때문에 APC 에 보낼 박스 포장을 먼저 끝낸 후 오후에 로컬 매장에 나온다. 매일 오후에 오이를 갖고 와서 보면 매대가 비어 있을 때가 많으니 갔을 때 최대한 많이 오이를 진열하게 된다. 다음 날 아침이 되어 남아 있어도 출하한 지 이틀밖에 안 되니 신선도에 문제가 없다고 생각한다. 그리고 매장 직원이 많지도 않은데 모든 상품을 세심하게 신경 쓰기 어려울테니 최대한 내 손으로 진열을 하고 싶다. 직원의 지적을 받을 때 야단맞는 학생이 된 느낌이었다. 막말을 하지는 않았지만 세상에 둘도 없는 무식한 농부를 바라보는 시선이었다. 그때의 기분이 쉽게 잊혀지지 않아 그 후로도 한참 동안 불쾌했다. 새로운 시도에 대한 기대감과 설렘으로 피곤함을 버틸 수 있었는데 두려움과 불만으로 채워지고 있어 포기할까 봐 걱정이다.

박 대표에게 이런 나의 마음을 얘기하고 그의 생각을 물었다.

"그런 걸 뭐 하러 신경 써. 다른 농가에 피해 주는 것도 아니고."

"그렇긴 한데 기분이 너무 나쁘다구. 우리 거기다 안 팔아도 먹고 살잖아. 치사하게 그런 대접받고 계속 가야 돼? 내가 이렇게 며칠 째 끙끙거리며 스트레스를 받잖아."

"조합장한테 전화할까? 직원들한테 주의 좀 주라구 말야. 농협은 조합원이 사장이여. 그러니까 스트레스 받지 말어."

"남들이 들으면 조합장이랑 친구인 줄 알겠어. 그냥 얼굴 아는 사이면서 전화는 무슨. 그리고 그런 전화를 어떻게 해. 창피하게시리. 좁은 지역 사회에서 우리 좀 이상한 사람들이라고 소문나겠어. 그건 그렇고 오늘은 로컬 매장에 같이 가나?"

"알았어. 오늘은 같이 가."

박 대표와의 대화로 화가 난 마음은 좀 가라앉았다. 보통은 내가 스트레스 받는 일이 있다고 털어놓으면 '뭘 그런 걸 신경 쓰냐, 별거 아닌 일로 그러지 말라.'고 말했던 사람인데 오늘은 좀 달랐다. 내 마음을 들어주고 맞장구를 쳐 주는 것은 목에 칼이 들어와도 못하는 박 대표가 어쩐 일로 위로를 해 주었다. 나이 들어 가면서 좋아지는 점이 있다니 다행이다.

로컬 매장의 그 직원은 나의 이런 상황을 모를 것이다. 나 혼자 열 받고, 힘드니까 셀프로 마음을 푼 것인지도 모른다. 그리고 앞으로 내가 또 무엇 때문에 못 해 먹겠다고 할지도 잘 모르겠다. 도매시장에 보내는 것보다 수익이 더 좋긴 하지만 생산량에서 차지하는 비중이 너무 낮기 때문에 계속 흔들릴 것 같다.

※로컬푸드 : 소비자의 인근 지역에서 생산 및 공급되는 농산물로, 지역 경제
활성화와 지역 푸드 시스템 구축, 환경보호 등의 효과가 있다.
< 출처 - 두산백과 >

오이는 매일 자란다

다른 날보다 일찍 눈을 떴기에 최대한 빨리 농장으로 출발했다. 어스름한 새벽이 느껴지는 차창 밖의 풍경이 좋았다. 나의 기분과 달리 몸의 컨디션은 좋지 않았다. 약간의 미열이 느껴지는 것이 몸살 기운이 있는 것 같았다. 코로나 감염자가 많아지고 있어 두려움도 생겼다. 혹시 열이 더 나고 몸살 기운과 기침까지 심해지면 어쩌나 하는 걱정을 안고 출근을 했다. 안개가 짙게 낀 도로를 지나 농장에 도착했다. 3월 말인데도 해가 뜨기 전이라 그런지 서리가 하얗게 덮여 있고 꽤 추운 날씨다. 길가의 개나리꽃들은 곧 필 것처럼 꽃망울이 보이던데 새벽 기온은 아직도 영하다. 낮 기온은 18도까지 오른다는 일기예보를 들었다. 햇빛도 나고 온도가 높아진다니 오이들의 성장에는 좋겠다는 생각을 했다. 비닐하우스를 하면서 일기예보 검색을 자주 하게 되었다. 오이 때문에 변한 나의 일상 중 하나다.

몸이 아무리 아파도 오이는 수확하고 출하해야 한다. 미열이 느껴져 걱정을 안고 출근하면서 체온계도 챙겨 왔다. 측정해 보니 36.8도 였다. 다행이었다. 잠깐 쉬면서 아침밥을 먹고 작업 준비를 했다. 다행인지 아닌지 오늘따라 수확량이 어제의 반도 안 됐다. 몸의 컨디션이 좋든지 말든지 작업은 해야 한다. 오늘보다 더 아픈 날도 일은 했다. 2년 전 여름, 건강에 문제가 생겨 서 있기 조차 힘들었던 며칠 동안 나는 울면서 오이를 포장했다. 그때 박 대표는 지역 농협에서 가는 해외 연수를 갔기 때문에 나라도 농장을 관리 해야 했다. 잠깐이라도 시간 내어 병원을 갈 수가 없었다. 그렇게 버티다 결국 수술을 할 수밖에 없었다. 그때를 생각하면 아직도 서럽다.

오이를 키우면서 친해진 농가의 어머님이 돌아가신 적이 있다. 오이가 한창 나오던 때였기 때문에 우리도 작업을 마치고 밤이 되어서야 문상을 갈 수 있었다. 그것도 장례식장이 가까운 곳이니 갈 수 있었던 것이지 차로 한 시간 이상 가야 하는 먼 곳이었다면 못 갔을 것이다. 문상을 가서 이웃 농가 분들을 만나 보니 얼굴이 많이 지쳐 보였다. 오이가 한창인 때에 직원도 없이 키우는 농장인데 어찌하고 있는지 물어봤다. 밤에 문상객 받고 새벽에 농장에 가서 오이를 따고 출하한 후 장례식장에 왔다고 했다. 발인을 하는 날도 그래야 할 것 같다고 했다. 장례식장에서 집으로 오는 길에 박 대표와 나는 우리도 큰일을 치르게 되면 이렇게 해야 하는 것이라며 우리의 현실을 다시 깨닫게 됐다. 많지는 않지만 직원들에게 작업 지시를 하고 골프를 치러 다니는 농장주도 있다는데 우리는 아직까지 작물이 심어져 있을 때 농장을 비워 본 적이 한 번도 없다. 직원이 없는 것도 아닌데 특별한 일이 있을 때는 우리가 없어도 농장이 돌아갈 수 있도록 시스템을 만들어야 한다. 하지만 과연 그것이 언제쯤 가능할지 모르겠다.

박 대표는 20대부터 농부였다. 꽃구경 가는 5월과 단풍 구경 가는 10월은 농번기라 놀러 가 본 적이 한 번도 없다고 한다. 한창 놀러 다닐 그 나이부터 지금까지 한결같이 그렇게 살았다. 나는 결혼 후에 그런 삶을 살고 있다. 벼농사의 농번기는 짧기나 하지 비닐하우스는 겨울을 빼고는 일 년 내내 바쁘기 때문에 여유가 없다. 여행은 더더욱 힘들다. 감기 몸살이 걸려도, 그보다 더 큰 병에 걸려도, 심지어 부모님이 돌아가셔도 농작물에 생활 패턴을 맞춰야 하는 것이 농부의 삶이다. 박 대표를 설득하여 우리가 없어도 농장이

돌아갈 수 있도록 최대한 빨리 만들고 싶다. 더 늙고 지치기 전에
정신적인 여유도 챙기는 삶을 살고 싶다.

아쉬운 사람이 고개 숙이는 거지

　짜이(농장 직원)에게 점심시간 전까지 포장 작업을 하라고 했다. 작업 일정이 빡빡하지 않을 것 같아 부탁했는데 그의 표정이 어두워졌다. 그런 반응을 보인 후 포장을 하는데 어찌나 얼음장같이 분위기가 차가운지 괜한 부탁을 했다고 바로 후회했다. 그래도 다시 번복하기 싫고 모양새도 이상해질 것 같아 그 냉랭함을 견뎠다. 오후에 직원들은 오이 줄기를 유인하는 작업을 했고 박 대표와 나는 포장을 마친 후 늦은 점심을 먹었다. 식사 후 오이를 소포장하여 로컬푸드직매장에 다녀왔다. 햇빛이 좋은 오후에 식후 운전은 졸음과의 사투다. 농장으로 돌아오니 직원들은 여전히 유인 작업 중이었다.

퇴근 후 쉬고 있는데 페이스북으로 메시지 하나가 왔다. 짜이가 보낸 사진이었는데 시멘트와 모래로 공사를 하는 모습이었다. 문제는 그 사진이 찍힌 시간이었다. 오후 6시 12분. 퇴근이 6시인데 아직도 할 일이 이렇게 많이 남았으니 어쩔 거냐는 의미를 담은 사진이다. 그 사진을 보자마자 바로 박 대표에게 전화를 했다.

"아직 일하는 중이야?"

나는 급하게 물어봤다.

"응. 농장 밖에 시멘트로 포장할 부분이 있어서 직원들과 하는 중인데 왜?"

"짜이가 나한테 메시지를 보냈어. 6시 넘었는데 사장님이 일을 계속 시킨다는 거지."

"이렇게 오래 걸릴 줄 알았나. 30분이면 다 끝날 줄 알았지."

"벌써 7시가 다 돼 가는데 어떻게 하지? 끝내려면 멀었어?"

"몰러. 1시간 안에 끝나겠지 뭐. 일찍 끝내 주는 날도 많았고 매일 이러는 것도 아닌데 어때. 지금 바뻐. 전화 끊어."

박 대표는 바쁜데 내가 전화를 해서 오히려 방해가 된다는 듯이 기분 나쁜 목소리로 대꾸를 하고 끊었다.

박 대표 말이 아주 틀린 것도 아니다. 작업이 일찍 끝나 퇴근을 빨리 하는 날도 꽤 있었는데 한 번쯤은 이해해 줄 수도 있는 일이다. 게다가 이미 시작한 일이라 중간에 멈출 수도 없고, 그렇게 오래 걸리는 작업인 줄 모르고 지시를 한 것이다. 직원들이 불편하지 않도록 최대한 배려하고 있다고 생각하는데 우리에게 너무 야박하게 군다는 생각도 했다. 이런 생각들이 줄줄이 이어지더니 짜이가 얄미웠다. 역시 나도 고용주였다. 그 정도 해 주면 된 거지 그렇게까지 하냐는 생각이 가득했나 보다. 매일 반복되는 노동과 만남에서 피로가 쌓여 가니 마음의 여유를 잃게 된다. 해마다 바쁠 때가 되면 직원들 힘들까 봐 걱정하고 눈치까지 보게 된다. 나의 이런 나약함을 알고 내게 그만두겠다는 경고성 말을 할 때도 있다. 사진을 보낸 직원의 행동이 그런 경고인 것 같아서 박 대표에게 전달했다. 내일도 함께하는 시간 동안 얼마나 여러 번 마음이 이랬다저랬다 할지 예측이 안 된다. 나의 감정도 이 정도인데 노동 강도가 센 직원들은 나보다 더 그럴 수 있다. 그들이 없으면 아쉬운 건 우리다. 치사하고 얄밉게 굴어도 힘들어서 그런 것이라 생각해야 한다. 사실이 그렇다. 안쓰럽고 감사한 마음으로 직원을 대해야 사업이 잘될 수 있음을 잊지 말아야 한다.

 직원들과의 묘한 대립 구도가 있는 현실이지만 그들 덕분에 농장을 꾸려 갈 수 있으니 뭐든 보답하고 싶은 마음도 있다. 그런 이유로 박 대표와 직원들과의 여행을 의논했다. 시원한 계곡에 숙소를 예약하고 하루나 이틀 쉬고 오자고 했었는데 시간을 만들 수 있는 때가 되니 다른 상황들이 우리의 결정을 방해했다. 가장 큰 위험 요소는 코로나였다. 그로 인해 숙소 예약을 망설였고 결국 상황을 봐서 당일치기로 가기로 했다. 한낮의 최고 온도가 연일 35도 이상이었다. 거기다 코로나 확진자 또한 매일 최고를 찍고 있어서 날짜를 결정하기 쉽지 않았다. 하지만 계속 미루다가는 작년처럼 또 못 가게 될 것 같아 마스크 잘 하고, 최대한 사람 많은 곳은 피할 마음으로 직원들과 함께 속초로 가기로 했다.

 사람들의 이동이 많은 시간을 피하기 위해 우리는 일찍 출발하기로 했다. 4시에 일어나서 준비를 시작했으며 5시에 자고 있는 딸들을 깨워 차에 태워 농장으로 향했다. 농장에 심어 놓은 작물의 햇빛 차단을 위한 장치를 조절해야 하고 혹시나 소나기가 올 때를 대비하여 농장에 누군가는 있어야 했다. 다행히 딸들이 쉬고 있는 중이라 마음 편히 농장을 비울 수 있었다. 농장에 도착하여 가림막과 천장 개폐를 위한 버튼 조작하는 방법을 딸들에게 알려 준 후 동해 바다로 출발했다.

 철저한 대비(?) 덕분에 고속도로에 차도 많지 않았고 아침 9시에 해수욕장 모래밭을 밟을 수 있었다. 짙푸른 동해 바다를 보고 직원들은 예쁘다고 좋아했고 우리는 사람들이 없는 한가로운 해수욕장에서 시원한 바람을 느끼며 노동의 고단함을 잊기를 바랐다. 경치 좋은 식당에서 물회와 오징어순대를 난생 처음 먹어 봤고, 바닷가에 거대하게 자리 잡은 카페에서 커피와 달콤한 디저트를 맛본 다음, 물고기 떼가 유명한 휴휴암을 들러 농장으로 돌아왔다. 박 대표는 12시간 넘게 운전하느라 피곤했지만 직원들에게 잠깐이라도 일상 탈출의 기회를 만들어 준 것이 뿌듯하다고 했다. 그리고 그들끼리는 멀리 다니지 않기 때문에 매년 여름마다 휴가를 함께 가야겠다고도 했다. 우선, 날씨가 추워져 농사일이 다시 한가해지면 서울 야경을 보여 주려 서울타워를 가기로 했다. 겨울에는 평일에 일 끝나고 가도 충분히 다녀올 수 있으니 괜찮은 계획이다.

직원들이 농장에서 일한 지 꽤 됐는데 그동안 왜 그리 여유가 없었는지 모르겠다. 하긴 벼농사만 할 때는 안 그랬는데 박 대표가 비닐하우스 농사를 시작하고 나서는 마음이 늘 조급했다. 처음 하는 일이라 시행착오도 있었고, 경영 자금이 모자라 대출을 받으며 어렵게 버텨 왔으니 그럴 만도 하다고 생각하지만 애써 준 직원들에게 미안한 것도 많다. 직원과 사장과의 관계는 쉽지 않다. 인간적인 관계로만 생각하기에는 농장 경영과 작업 상황에 변수가 많아서 불가능하다. 그렇다고 칼같이 계산하는 관계도 분위기를 삭

막하게 하기 때문에 싫다. 어느 쪽으로도 치우치지 않고 균형을 잃지 않는 관계이고 싶다. 오이 키우는 일이 해마다 새롭게 느껴지는 것처럼 직원들과의 관계도 매너리즘에 빠지지 않도록 노력할 중요한 부분이다. 내년 봄에 오이가 주렁주렁 매달리는 때가 오면 우리는 서로의 힘듦에 자신의 상황만 더 크게 보일 수 있다. 평정심을 잃지 않고 직원들의 어려움을 제대로 알아차리며 경영할 수 있도록 그들의 목소리에 귀를 기울여야 한다.

뙤약볕에 그늘이 되어

코로나로 인해 외국인 노동 인력이 귀해졌다. 공장도 농장도 직원을 구하지 못해 여기저기서 힘들어하는 소리들이 많이 들려왔다. 우리 농장 주변도 마찬가지였다. 밤새 말도 없이 사라진 직원들 때문에 황당했다는 얘기들이 많아지고 있었다. 바로 옆 상추 농장 직원 몇 명도 가 버렸다는 소식을 들었다. 우리 직원들은 그럴리가 없다고 생각했지만 불안하기는 했다. 그래서 직원들에게 상추 농장 얘기를 했다.

"상추 농장 직원이 갔대요. 알아요?"

"네. 알아요."

"어디로 갔대요?"

"대구 갔어요."

"월급을 많이 준다고 해서 갔죠?"

"네. 하루 15만원 준대요."

"그렇구나. 장미는……(잠깐 망설이다가) 안 갈 거죠? 가면 안 돼요. 우리 농장 큰일 나요."

"우리 안 가요. 우리 갈 때 고향 가요"

"진짜로 그래야 해요. 절대 말없이 다른 데로 가지 마요. 가더라도 서로 인사는 하고 가야 돼요. 알았죠?"

우리 직원들은 그럴 리가 없다고 생각했고 그렇게 찰떡같이 믿었다. 그동안의 정이 있는데 우리에게 그런 일을 겪게 하지는 않을 것이라 생각했다.

하지만 우리를 안심시켰던 그들이 하루아침에 사라졌다. 월급을 받은 다음 날이었다. 일도 많고 직원도 부족한데 참고 일하는 것이 고마워서 그 전날 보너스도 듬뿍 안겨 줬는데 돈만 받고 말도 없이 떠나 버렸다. 황당했던 그날 아침의 기억은 살면서 잊을 수 없을 것이다. 오이를 따기 위해 분주히 움직일 시간에 직원들이 보이지 않았다. 어딘가에서 쉬고 있나 생각도 했지만 그렇게 추측하기에는 오이를 따서 담아 놓은 상자들도 보이지 않아서 이상했다. 그 순간 심장이 쿵쾅거렸다. 우리에게 말도 없이 떠났다고는 상상하고 싶지 않았다. 오이 밭에 들어가서 찾았지만 없었다. 숙소의

도어락을 열고 확인을 해 봤다. 이불은 그대로였다. 행거에 옷들도 있었다. 하지만 노트북과 옷장이 텅 비어 있었다. 서랍을 열어 봤다. 자잘한 물건들만 들어 있었다. 냉장고를 열어 봤다. 소스 통 몇 개와 음식들이 남아 있었다. 다시 밖에 나가서 신발들을 찾아봤다. 우리가 사 준 슬리퍼와 작업 장화는 있었지만 운동화와 샌들은 없었다. 직원들의 숙소를 확인하면서 그들이 사라졌다는 것을 알았다. 급하게 떠나느라 짐을 완벽하게 챙겨 가지는 못했던 것 같다.

돌멩이로 머리를 얻어맞은 기분이었다. 이렇게 우리의 뒤통수를 칠 것이라는 예상을 전혀 하지 않았다는 것이 더 끔찍했다.

난 너무도 황당한 그 상황이 믿어지지 않아 박 대표에게 말했다.

"어떻게 이럴 수가 있지? 안 간다며? 기가 막힌다 진짜."

"그러게. 남 일인 줄만 알았는데 우리한테 이런 일이 생기네."

"당장 오늘 오이 따는 일부터 문제잖아. 어떻게 하지?"

"누구 부를 사람 없어? 오늘 오이가 많을 것 같은데."

"기다려 봐. 제일 먼저 생각나는 사람이 있지. 오늘 중요한 스케줄이 없으셔야 할 텐데."

떠난 직원들에 대한 원망도 당장의 오이 따기보다는 급하지 않았다. 박 대표와 나. 단둘이 할 수 있는 분량의 노동이 아니었기 때문에 도움을 청해야 했다.

우선 매일 오전 오이 포장을 하러 오는 두 분께 사정을 알리고 주변에 일할 사람을 소개해 달라고 했다. 그러고 나서는 해마다 농장에 일손을 보태러 오는 언니에게 전화를 했다.

"언니, 오늘 급한 볼일 있으세요? 직원들이 어젯밤에 말도 없이 떠났어요. 오이는 쏟아지는데 너무 막막해서 전화했어요."

"어머나, 어째요. 큰일 났네. 알았어요. 내가 당장 갈게요."

"그런데 언니, 오이 따기 할 만한 다른 사람 또 없을까요?"

"누가 있을까? 농장 일을 할 수 있는 사람이어야 할 텐데."

"진 샘은 어떨까요?"

"급한데 전화해 봐요. 사과 농사일도 해 봤으니 오이도 딸 수 있을지 모르잖아요."

"네. 전화해 볼게요."

그렇게 SOS를 쳐서 불러 모아진 네 명의 일손과 매일 포장 아르바이트를 하러 나오시는 두 명. 여섯 명의 여인들과 박 대표와 나. 이렇게 8명이 오이 따기와 포장을 했다. 오이를 따던 직원 2명의 자리에 6명이 투입되었다. 예쁘게 잘 따는 것은 욕심이라 생각하고 우선 따야 할 크기가 된 오이들을 따 내는 것을 가르쳐 드렸고 서툰 솜씨지만 열심히 일해 주신 덕분에 급한 불을 끌 수 있었다. 문제는 그날 하루로 끝나지 않는다는 현실이었다. 해마다 농장에 일손을 보태던 언니는 틈나는 대로 농장에 왔다. 어느 날은 온다는 말도 없이 새벽에 나타났다.

"오늘은 낮에 회의가 있어서 새벽에 얼른 오이 따고 가려고 일찍 왔어요."

"저야 감사하지만 죄송해서 어째요. 아침은 드셨어요?"

"생각 없어요. 이따 오이나 먹죠 뭐."

고맙다는 말 이외에는 표현할 방법이 없어서 안타까웠다.

직원 구하기가 하늘의 별따기처럼 힘든 때라 그렇게 임시방편으로 하루하루를 버텨야 했다. 주말에는 공장에 다니는 외국인들이 알바를 하러 오기도 하지만 문제는 평일이었다. 우리는 직원 없이 가까스로 한 달을 버티고 오이 농사를 접어야 했다. 주변 지인들에게 계속 부탁하는 것도 한계가 있었다. 다른 때에 비해 한 달 정도 일찍 끝낸 것이다. 돈 벌려다 몸이 망가질 것이 두려워 결국 포기하고 말았다. 오이를 끝내고 평정심을 찾으니 기적처럼 버틴 한 달을 돌아보게 되었다. 위기에서 알게 된 감사한 사람들에 대한 애정이 더욱 크게 자랐다. 나는 도와준 것도 없는데 급하다는 전화 한 통에 달려온 그들이 천사처럼 느껴졌다. 박 대표와 그분들에 대한 얘기도 했다.

"진짜 고마운 분들이야. 갑자기 전화했는데 어떻게 바로 농장으로 오셨을까? 내가 딱히 뭘 해 드린 것도 없는데 말야."

"맞어. 정말 고맙지. 그렇게 가끔이라도 도와줘서 그만큼이라도 끌고 간 거여."

"그 은혜를 어찌 갚을지. 살면서 갚을 일이 생기면 잊지 말고 꼭 할 거야."

위기의 순간에 구원의 손길을 보내 주신 분들의 마음을 조금이라도 헤아리고 싶어 얘기를 나누다가 문득 그들을 만난 곳이 모두 같다는 것을 깨달았다.

"이게 다 내가 협동조합 카페를 자주 나간 덕이야. 그분들을 내가 어디서 만났겠어. 카페에서 공동체 활동하고 책 읽고, 강의 들으면서 알게 된 분들이잖아. 그러니 앞으로도 카페에서 하는 행사에 간다고 하면 말리지 마. 알았지?"

"그래. 내가 언제 못 가게 한 적 있나. 시간 될 때 자주 가."

"쉴 때 카페 지키는 봉사도 꼭 해야겠어. 정기적으로 할 때도 있었는데 피곤하다는 핑계로 안 한 지 오래됐어."

협동조합 카페에서 만나는 사람들은 오이 따기를 하러 오고, 친구들은 회사 출근을 안 하는 주말이 되면 밥이라도 해 주겠다며 찾아왔다. 일하느라 밥하기도 귀찮을 텐데 끼니 챙기는 수고라도 덜어 주고 싶다며 음식 재료를 싸 들고 와서는 우리가 일하는 동안 맛있게 요리를 해서 밥을 차려 주었다. 한 번 정도야 이벤트로 그럴 수도 있다지만 주말마다 그렇게 애쓰는 친구들의 마음도 말로 다 표현할 수 없을 정도로 고마웠다. 겪지 않았다면 좋았을 일을 겪어 보니 위기를 통해 인생 공부를 한다는 진리를 또 깨달았다. 떠난 직원들에 대한 원망도 했지만 그와 반대로 고마움을 알려 주는 사람도 있다는 것을 알았다. 비록 경제적으로 엄청난 손해를 보기는 했으나 돈보다 귀한 인연들을 드러나게 해 줬으니 그걸로 됐다. 이번 일로 받은 애정들을 가슴 속에 고이고이 간직했다가 그들에게, 아니면 다른 누군가에게라도 보답할 수 있기를 바란다.

속아도 또 심고 또 속고

농장의 면적은 두 곳을 합해 3,200평, 오이는 16,000주가 심어져 있다. 오이를 심은 지 벌써 4개월이 다 되어 가고 있다. 요즘은 보통 아침 8시에 작업을 시작한다. 더 바빠지면 새벽 6시에 일을 시작한다. 아직은 워밍업에 불가하다. 하지만 오늘 아침에는 유난히 쌓여 있는 오이들이 반갑지가 않았다. 어깨에는 무거운 돌을 얹어 놓은 것 같고, 오이를 하나씩 상자 안으로 넣을 때, 200g도 안 되는 오이가 유난히 무겁게 느껴졌다. 시설 투자를 했기 때문에 오이 심는 시기를 앞당겨서 바쁜 시기도 빨리 찾아왔다. 아직 본격적인 수확 시기는 아니지만 예전보다 일찍 일을 시작해서인지 힘든 시기도 빨리 오는 것 같다. 매출을 증가시키기 위해 규모를 확장했으니 일이 늘어나는 것은 자연히 따라오는 결과다. 이런 것들을 잘 알면서도 오늘 해야 할 노동이 힘들 것이라는 예상으로 또 철없는 감정들이 스멀스멀 올라온다.

옆에서 열심히 오이 포장을 하고 있는 박 대표에게 물었다.

"안 힘들어?"

"힘들긴 뭐가 힘들어. 이 정도는 아직 시작도 안 한 거지."

"그렇긴 한데, 난 힘들다구. 오이 한 개에 500원, 두 개 1000원, 세 개 1500원. 이렇게 주문을 외우듯 해도 이제 기운이 안 생겨."

"힘들 만두 허지. 같은 자세로 서서 몇 시간씩 일을 하니까."

"당신은 나보다 더 힘들게 일하잖아. 근데 어떻게 버텨?"

"어떻게는 무슨. 안 할 수 없으니까 그냥 하는 거여."

"매번 똑같은 말만 해. 다른 대답 없어?"

"진짜 '그냥' 하는 건데 다른 답이 어딨어. 힘들면 잠깐 앉아서 쉬어."

"됐어. 쉬긴 이렇게 많이 남았는데 어떻게 쉬어. 다 하고 맘 편히 쉴 거야."

작년에는 어떤 방법으로 기운을 얻어 마지막까지 완주할 수 있었는지 곰곰이 생각해 봤다. 아무리 기억을 더듬어 봐도 특별한 뭔가가 생각나지 않는 걸 보면 '그냥'이 맞나 보다. 특별한 이유와 힘의 원천은 애초에 없다. 버티고 견디는 것이다. 이런 감정들이 일어나는 것을 보니 지치고 있나 보다. 하지만 지치면 안 된다. 본격적인 오이의 성장은 시작되지 않았으며 벼농사도 아직 시작하지 않았는데 벌써 지칠 수는 없다. 아카시아꽃이 피는 5월이 되면, 모내기도 해야 하고 오이들은 자고 나면 한 뼘씩 자란다. 전국에서 쏟아지는 오이들로 인해 오이 값이 한 개에 100원으로 떨어질 수도 있다. 우리가 언제 오이 값, 쌀값 많이 쳐 줘서 농사를 지었던가. 매번 속아도 또 심고 또 속고 그랬던 거지. 미련스러울 정도로 우직하게 버텨야 끝까지 갈 수 있다. 그동안 해 왔던 것처럼 그렇게 완주할 수 있다. 오늘처럼 포기하고 싶은 감정들이 쑥쑥 올라올 때 잠깐 숨을 돌리면 된다. 왜 나만 이렇게 힘들게 살아야 하는지 같은 어리석은 생각들만 지워 버린다면 좀 더 쉽게 넘어갈 수 있을 것이다. 노동량이 많아질 때는 생각을 줄여야 편하다. 힘들 때 생각을 많이 하면 우울해지고 도망치고 싶어진다. 당장의 노동은 해결한 뒤 생각을 해야 발전하는 방향으로 고민할 수 있다. 올해도 '왜 사냐건 웃지요.' 하는 시구처럼 '그냥' 해 나가면서 순간순간을 잘 넘길 수밖에.

3부

오이 너라는 채소는

오이는 매일 따야 한다. 우리가 심은 오이는 '백다다기 오이'라는 종류인데 마디마다 오이가 '다다기다다기' 매달려 있어 '백다다기 오이'라는 이름을 붙였다고 한다. 그렇게 마디마다 다닥다닥 붙어 있는 오이들을 맨 아래에 매달려 있는 오이부터 차례로 따 주지 않으면 윗마디에 달려 있는 오이들은 더 이상 자라지 않고 말라 버린다. 우리 동네 오이 농부들의 전문(?) 용어로 그것을 '눈 감는다.' 고 표현한다. 아래의 따지 않은 오이를 비대하게 만들면서 위쪽에 있는 작은 오이들은 키우지 않고 오히려 말려 버린다. 윗마디 한 개의 오이만 눈을 감는 게 아니고 6~7개까지 사라진다. 오이 입장에서는 종족 번식의 본능으로 씨앗을 키우기 위해 다른 열매들을 없애는 것이다. 오이가 지나치게 커지면 과육 부분이 푸석해지고 씨가 커져서 맛이 없다. 무엇보다 성장의 균형을 무너뜨려 열매를 곧고 실하게 살찌우지 않는다. 그러면 망한다. 오이 따기처럼 매일 해야 하는 일은 또 있다. 바로 물 주기다. 매일 쑥쑥 자라나는 오이들은 물도 많이 먹는다. 다른 채소들도 그렇지만 오이는 특히 수분이 많은 편이다. 충분한 물을 공급해 주지 않으면 오이 맛이 써지고 달려 있는 오이 열매가 말라 죽는다. 한 번 맛이 써진 오이는 쓴맛을 없애기가 쉽지 않다. 따라서 오이가 써지면 이것 또한 망하는 길이다. 물을 주고 오이를 따는 일 이외에, 수확한 오이를 포장하는 일과 오이 줄기를 유인해 주는 일도 매일 해야 한다. 매일 하는 일들을 체계화시키고 자연스럽게 돌아가도록 만들어 주는 일이 농장 관리의 기본이다. 흐트러짐 없이 작업 사이클이 돌아가게 하려면 시간과 비용과 노력과 정성까지 모든 것을 쏟아부어야 한다.

오이 덕분에 우리가 딸들을 대학에도 보내고 행복하게 잘 살고 있다. 고맙지만 힘들게 하는 오이를 대하는 나의 감정도 오이 못지않게 변덕스럽다. 힘들어서 도망치고 싶다가도 주렁주렁 매달린 오이들을 보면 뿌듯하고 감사하다. 거기다 우리가 애쓴 만큼 예쁘고 튼튼하게 자라서 돈도 벌게 해 주면 세상에서 제일 좋은 게 오이다. 오이, 너라는 채소는 우리를 웃게도 하고 울게도 하는구나. 남편도 아닌데 애증의 감정이 양립하는 것을 보면 오이가 나에게 이제 떼려야 뗄 수 없는 존재가 되어 버린 것 같다. 오이와 함께 하루를 시작하고 해가 지면 오이 돌봄의 시간을 멈춘다. 인간의 손길이 멈췄을 때, 오이는 비로소 깜깜한 밭에서 혼자만의 성장을 한다.

박 대표와 나는 인생의 절반을 살아온 중년이기에 매년 체력이 떨어지고 있음을 실감한다. 그래서 비타민을 챙겨 먹고, 보약을 지어 먹고, 기운을 충전할 수 있는 음식들을 일부러 찾아 먹기도 한다. 무엇이든 보충하여 기운을 얻든지, 잘 먹었으니 기운이 생길 거라는 기대를 갖든지 몸과 마음을 달래 가며 하루하루를 버텨 낸다. 우리의 피, 땀, 눈물을 쏟아붓고 영혼까지 갈아 넣는 마음으로 키우고 있는 오이들을 보면 뿌듯함과 더 잘 키워야 한다는 절실함을 느낀다. 먹고사는 문제가 이렇게까지 비장해야 하는 것인지 서글플 때도 있으나 감정에 휩쓸리기보다 해야 할 일들을 해결하는 것이 먼저다. 문득 몸과 마음이 지쳐 오만 가지 생각들이 머릿속에서 돌아다니며 엉켜 버릴 때가 있다. 무엇을 위해 이렇게 살아야 하는지 회의감이 들면서 다 내던지고 도망치고 싶어진다. 다행인지 불행인지는 모르겠지만 한 번도 실행에 옮긴 적은 없다. 그 순간만 잘 지나가면 일 년이 지나고 또 다음해를 지날 수 있다. 그동안 그래 왔다. 안 올 것만 같았던 출하 마지막 날이 왔고 다행히 해마다 조금씩 성장해 왔다. 오늘도 오이를 따고, 물을 주고, 포장하

여 출하하고, 오이 줄기를 유인해 줬다. 내일도 그다음 날도 그러
할 것이다.

사라진 시어머니

농부에게 5월은 일 년 중 가장 바쁜 달이다. 3월부터 봄기운이 서서히 살아나기 시작해 5월이 되면 논에 모심기도 하고 대부분의 밭작물도 싹을 틔워 모종 옮겨심기를 할 때다. 농장의 오이들도 밤 온도가 높아지는 5월이 되면 하룻밤에 한 뼘씩 쑥쑥 자란다. 따라서 우리 농장의 하루가 24시간이 모자라는 때가 된다. 그 와중에 시어머니가 사라졌다.

그날은 시어머니의 코로나 백신 2차 접종일이었다. 면사무소로 8시까지 모셔다드리기 위해 박 대표가 어머니 집으로 갔지만 안 계셨다. 혹시 이런 일이 생길 것이 염려되어 전날 어머님께 아침에 모시러 갈 테니 절대 어디 가시지 말고 집에 계시라고 신신당

부를 했지만 어머님은 어디론가 외출을 하셨다. 이른 아침에도 동네 마실을 잘 다니시는 분이라 이웃집에 놀러 가셨는지 찾아보고, 차로 동네를 돌아봤지만 어디에서도 어머니를 찾을 수 없었다. 그러다 동네 아주머니에게 가방 메고 버스 정류장으로 가는 것을 봤다는 얘기를 들었다. 상황이 심각해졌다. 시어머니는 올해 88세다. 연세가 많다 보니 기력도 없고 총기도 흐려지기 시작한 지 1~2년 정도 된 것 같다. 그래도 워낙 기질이 활발한 편이라 집에만 계시지는 않고 자주 외출을 하시는 편인데 어느 때부터인가 버스를 타고 외출하는 횟수가 부쩍 줄어들었다. 대신 우리 농장이 어머님 집에서 걸을 만한 위치에 있기 때문에 하루에도 몇 번씩 다녀가신다.

가끔 기억이 안 나 딴소리를 하실 때를 빼면 연세에 비해 건강 상태가 양호한 편이었는데 며칠 전 시아버지가 갑자기 쓰러지셔 병원에 입원하신 후로 하루가 다르게 치매 증상이 심해지고 있다. 아침마다 아버님의 장례식이 언제냐는 질문을 하고, 이웃집 아들 차에 올라타 당장 아버님 입원하신 병원에 데려다달라고 하시고, 아버님이 전염병에 걸려 병원에 격리된 거라는 말씀도 하신다. 코로나 때문에 시아버지가 입원한 병원에 모셔다드리지도 못하는데 어머님의 치매 증상이 심해지는 것 같아 불안한 마음을 안고 하루하루를 보내고 있었다. 그러다 진짜로 그날 아침, 아버님이 입원하신 병원에 혼자라도 가야겠다는 생각으로 우리에게 말도 없이 버스를 타러 나가신 것이다. 걱정하던 일이 일어났다. 우리가 찾는 것에 한계가 있기에 이장님께 전화하여 마을 방송을 부탁했고 경찰서에 실종 신고를 했다. 그렇게 막막한 채로 세 시간 정도 지났을까 어머님이 아무 일도 없었다는 듯이 집으로 돌아오셨다. 십 년 감수한 마음이 이런 것이겠구나 생각했다.

"어머니, 어디 갔다 오셨어요?"

"아버지 입원했다는 병원에 갔다 왔지."

"어디 병원이요?"

"아주대병원."

"거기 안 계세요."

"병원에 물어봤더니 없다고 해서 그냥 집에 왔어."

"병원에 들어갈 수 있었어요? 요즘 코로나 때문에 아예 들어갈 수도 없지 않아요?"

어머님은 아무 대답이 없었다. 나는 질문을 바꿔 보았다.

"그런데 무슨 차 타고 갔다 오셨어요?"

"버스 타고 갔지."

"그러셨구나. 어디 가셔야 하면 저희한테 말씀하세요. 오늘처럼 아무 말씀 없이 혼자 멀리 외출하시면 안 돼요."

나는 더 이상 질문을 하지 않고 농장으로 박 대표와 함께 돌아왔다.

"어머님 말야, 정말 아주대병원에 다녀오신 게 맞을까?"

아무리 생각해도 어머님 말씀이 어디까지가 진실인지 아닌지 모르겠기에 박 대표에게 물어봤다.

"나도 몰러. 버스를 타진 않았을 걸. 택시 타셨을 거여."

"그렇지? 우리한테 데려다달라고 하면 바빠서 힘들까 봐 혼자 가셨나 봐. 그래도 얘기를 하시지."

"어쨌든 무사히 오셨으니까 됐어."

"그렇긴 한데 앞으로 또 이런 일이 생길까 봐 걱정이야."

"그건 그렇지. 별일 없을 거여."

우리는 정해진 시간을 놓쳤지만 코로나 접종을 할 수 있는지 확인하기 위해 면사무소로 문의했고 다행히 가능하다고 했다. 점심 식사 후 박 대표는 어머님을 모시고 접종센터에 가서 백신 2차 접종을 해 드린 후 농장으로 돌아왔다. 박 대표는 어머님이 혼자 지내시면 안 될 것 같다고 했다. 요양원에 가시는 것에 대해 사 형제가 의논해 최대한 빨리 결정하고, 아버님의 병세도 위중하여 퇴원을 언제 할 수 있을지 모르기 때문에 대책을 세워야 했다.

치매 증상이 심해진다고 느낀 후 연락처를 새긴 팔찌나 목걸이를 찾아보기 위해 검색을 했다. 그리고 내가 모르는 그 외의 도구들이 있을까 하여 찾아봤다. GPS 수신이 되는 열쇠고리 크기의 기계가 있긴 하지만, 성능도 모르겠고 해외 배송이라 오래 걸려 사지 않았다. 핸드폰을 들고 다니시기만 해도 위치 추적을 할 수 있겠는데 그것도 불가능하다. 신속하게 해결하기 위해 아들 두 명의 연락처를 새긴 팔찌를 주문했고 어머님은 거부하지 않고 팔찌를 착용하셨다. 하지만 그 팔찌는 하루도 안 되어 어디론가 사라져 버렸고 목걸이로 다시 주문하고 기다리는 중이다.

나의 부모님은 두 분 모두 돌아가셨다. 엄마는 간암을 앓고 돌아가신 지 20년이 넘었고 아버지는 5년 전에 급발성폐섬유화증으로 돌아가셨다. 두 분이 살아 계실 때 치매 증상은 전혀 없었기 때문에 부모의 치매에 대한 감정과 대처가 처음이다. 박 대표는 사 형제 중 막내아들이다. 세 명의 형님들은 우리보다 멀리 살기 때문에 아무래도 우리가 자주 어머님을 살펴 드려야 한다. 하지만 농장 일이 바빠서 어머님을 제대로 돌봐 드리지 못하는 상황이고 언제든지 어머님이 또다시 어디론가 사라질 수 있다고 생각하면 앞이 캄캄해진다. 아무리 일이 바빠도 편찮으신 부모님은 다른 어떤 일보다 우선되어야 한다. 연세가 많으셔서 치매 증세가 좋아지기는 어렵기 때문에 다치시거나 실종되는 일만큼은 안 생기도록 보살펴 드려야 한다. 오이 농사일이 많이 바쁘겠지만 그래도 자식으로서 할 도리는 잊지 말아야겠다.

절여

중소기업 대표인 경이와 IT기업 부장인 숙이는 나의 초등 동창 친구들이다. 성장하면서 연락이 끊겼다가 우연한 기회로 6년 전부터 다시 만났다.

"경이니? 나야 수연이. 기억하지?"

초등 동창 모임의 단체 카카오톡 채팅방에 초대된 적이 있다. 그 채팅방의 구성원에 경이가 있길래 반가운 마음에 카톡을 보내 인사를 했다.

"그럼 기억하지. 잘 지내니?"

혹시 불편하게 생각하여 답도 없을까 봐 걱정을 했는데 다행히 금방 답이 왔다. 나는 카톡보다 목소리를 들을 수 있게 통화를 하고 싶어 가능한지 물었고 통화를 했다. 반가운 마음에 우리는 바로 만날 날짜를 정했고 경이가 숙이의 연락처를 안다고 하여 함께 만나기로 했다. 20년이 넘도록 소식도 모른 채 살다가 드디어 만난 우리는 옛 기억을 공유하고 서로의 살아가는 이야기를 나누면서 즐거웠다. 그날 이후로 자주 만나고 함께 여행도 다니며 좋은 추억을 만들고 있다. 농장에 일손이 필요할 때는 남편들까지 농사일을 거들어 주며 가깝게 지내고 있다. 초·중·고의 세월은 함께 보냈고, 이십 대와 삼십 대의 시간들은 각자 살아 내면서 성장했다. 그렇게 조금씩 어른이 된 우리는 중년이 되어 다시 만나 친구의 소중함을 확인하는 중이다.

어느 날 경이가 중요한 일을 의논할 것이 있다고 셋이 함께 만나자고 했다. 그의 지인이 시작한 김치 공장에서 오이지를 만들어 팔아 봤는데 김치보다 오이지가 시장 반응이 더 좋다고 했다. 그곳에 납품된 오이는 우리 농장의 오이다. 그리고 오이지 레시피는 경이가 알려 준 것이다. 경이는 꽤 오랫동안 오이뿐 아니라 다양한 재료로 장아찌를 만든 경험이 있었다. 덕분에 숙이와 나도 매년 그의 맛있는 장아찌를 먹어 봤기 때문에 그 맛은 이미 알고 있다. 경이는 우리와 함께라면 장아찌 사업을 해 볼 생각이 있다며 숙이와 나에게 의견을 물었다. 경이의 장아찌 솜씨, 숙이의 관리 능력, 거기다 생산자인 나. 우리는 환상적인 조합이라고 감탄했다. 세 명 모두 각자의 일이 있어 지금 당장 시작할 수는 없지만 사업체를 만들기 위한 준비는 하기로 했다. 사업에 필요한 사항들을 정리하고, 알게 된 정보들을 모으고, 무엇보다 장아찌를 직접 만들어 레시피를 정리해야 한다고 의견을 모았다. '절여'는 그러한 자료들을 모아 두기 위해 만든 온라인 카페명이다. 숙이는 IT업계의 시조새답게 재빠르게 카페 이름을 정하고 카페를 만들었다. 그러자 추진력 뛰어난 경이는 여러 가지 장아찌의 레시피를 카페에 올리고 우리에게 시식을 하게 했다. 새콤달콤하면서 재료마다 본연의 맛을 느낄 수 있어서 대만족이었다.

"정말 맛있다. 대파도, 할라피뇨도, 애기멜론도 모두 처음 먹어 봤어. 세 가지가 각각 식감이 모두 다르면서 맛있어."

난 새로운 장아찌들이 맛있고 새로운 경험이라 들뜬 마음으로 말했다.

"뭐가 더 맛있었어?"

경이는 맛의 우열을 가리라는 어려운 질문을 했다.

"나는 매운맛을 좋아하니까 할라피뇨가 특히 좋더라."

숙이가 개인 취향을 반영하여 대답했다.

"난 애기멜론의 꼬독꼬독한 식감이 좋았어. 근데 그런 쬐그만 멜론을 파니?"

나는 오이지와 비슷한 맛이지만 좀 더 딱딱한 느낌으로 꼬들함이 강한 애기멜론에 대하여 얘기했다.

"예전에는 멜론 농장에서 솎아 내서 버렸던 거래. 그러다 요즘 장아찌 용도로 사람들이 좋아하니까 온라인으로 팔더라구. 농산물 전문 판매 온라인 카페 있잖아. 그런 데서 팔아."

"그렇구나. 그런 건 또 어떻게 알아냈는지. 경이는 역시 대단해."

나와 숙이는 경이의 능력에 또 한 번 감탄했다.

"지금 먹은 장아찌들의 레시피는 내가 자세히 메모해 뒀으니까 절여 카페에다 남겨 둘게. 그럼 다음 장아찌는 뭘로 만들어 볼까?"

경이는 새로운 식재료에 도전해 보자고 제안했다.

"대량으로 만들어 볼 수 있게 농장 근처에서 쉽게 구하는 재료를 해 볼까? 예를 들면 부추나 토마토처럼."

나는 가까운 농장에서 키우고 있는 부추와 토마토를 추천했다. 경이와 숙이도 좋다며 대량으로 만들어 우리 셋 이외에 다른 사람들의 맛 평가도 받아 보자고 했다. 친구들이 쉬는 주말에 경이의 집에서 모여 부추와 토마토 장아찌를 만들기로 했다. 나는 날짜에 맞춰 박 대표에게 아는 농장들에서 재료를 사 달라고 부탁했고 부추 한 상자와 토마토 한 상자를 준비했다. 하지만 갑자기 사정이 생겨 약속한 날 함께 못 만들고 재료만 경이의 집에 갖다 뒀다. 토마토는 이틀 후 다시 만나 만들어도 괜찮았지만 문제는 부추였다. 아무리 그날 수확한 것이라 해도 부추는 잎이 얇은 채소여서 빨리

상한다. 거기다 부추 한 상자의 부피를 예상하지 못해 생각한 것보다 거대한 양이었다. 그러니 냉장고에 보관할 수도 없고 이러지도 저러지도 못 해 모이기로 한 전날 밤에 경이가 혼자 간장을 새벽까지 끓여 부어 만들었다고 한다. 간장이 담긴 커다란 솥을 몇 시간 동안 들었다 놓았다 하느라 결국 경이는 다음 날 정형외과에 물리치료를 받으러 가야 했다. 그리고 처음 해 보는 대용량이라 간장의 농도 조절이 어려워 맛도 기대에 못 미친다고 했다. 경이는 아쉬운 맛이라고 했지만 일주일 후 나랑 숙이가 먹어 보니 맛은 훌륭했다.

첫 모임부터 시행착오를 겪고서 우리는 앞으로 한 달에 한 번은 함께 만나 작업을 하고 약속한 날에는 최대한 맞추기로 했다. 또다시 누구라도 혼자 책임져야 할 일을 만들지 않기 위해 노력이 필요하다는 것을 배웠다. 계획이 어긋나 첫 시도부터 큰 공부를 한 셈이다. 사업을 하다 보면 생각지도 못한 일들이 생기겠지만 걱정은 뒤로 하고 시작이 반이니 우선 그냥 해 보기로 했다. 각자의 일은 유지한 채 또 하나의 일을 시작하는 것이기에 사업의 성패에 크게 부담스럽지도 않다. 사업 준비를 하면서 또 어떤 난관이 올지 모른다. 그냥 친목으로 만날 때와는 달리 생각하지 못한 방향에서 착오와 오해가 생길 수도 있다. 문제를 해결하는 과정이 쉽지는 않겠지만 그렇게 단단해지는 우리가 됐으면 좋겠다. 많이 다른 세 친구가 모여 함께할 비즈니스가 있다는 것 자체로 큰 의미라는 것을 잊지 말아야겠다.

"못난이 오이들이 너무 많이 나와. 꼬부라지고 작은 오이들 말야. 너네 아파트에 또 팔 수 있을까?"

아래 품위의 오이 경매 가격이 심각하게 떨어져 속상한 마음에 경이에게 전화를 했다.

"그래. 입주민 카페에 올려 보지 뭐. 지난번에도 잘 팔렸으니까 이번에도 주문하는 사람들이 있을 거야"

"고마워."

"고맙긴 오이가 좋고 맛있어서 잘 팔리는 거지. 얼마나 팔릴지는 모르겠지만 올려 볼게. 오이 사진 2~3장 찍어서 보내 봐."

경이는 장아찌를 잘 만들 뿐 아니라 영업 능력도 좋다. 못난이 오이들이 많아지면 대량으로 여기저기 수소문해 팔아 준다. 특히 입주민 카페에 광고 글을 올리면 한 번에 40~50상자 정도 주문량이 생긴다. 구부러진 오이들이 너무 많아질 때 해마다 그렇게 해주었다. 성격이 워낙 밝고 정이 많아 어느 조직에 가든지 귀찮은 일을 맡아서 해결하는 친구다. 부지런하기는 또 얼마나 부지런한지 매일 새벽 다섯 시면 일어나 아침밥을 준비하고 출근 전에 집안 정리를 다 한다고 한다. 부지런한 그는 농장의 위치를 알고 나서 시간이 될 때마다 나의 일의 도와주었다. 농부인 나보다 훨씬 일을 잘해서 박 대표는 경이의 방문을 반겼다. 그는 일만 잘하는 게 아니라 못난이 오이들을 파는 능력도 탁월했다. 구부러진 오이들이 맛은 좋은데 외모 때문에 제값을 못 받는 상황이 안타깝다며 지인들에게 팔아 주더니 이사를 간 후로는 입주민 온라인 커뮤니티에 오이 판매 글을 올려 팔아 주었다. 아파트 주민들과 그의 지인들뿐 아니라 친정엄마의 이웃들에게도 팔아 준다. 우리가 일이 바쁘고 일손이 부족해 보이면 직접 배달까지 할 때도 많았다. 거기다 올해는 식품 제조 공장에 오이지용 오이를 규칙적으로 납품할 수 있게 소개해 줬다. 차라리 그가 이윤을 남기고 팔았으면 좋겠다는 생각을 한 적도 있다. 그렇게 하면 미안한 마음을 조금이라도 줄일 수 있을 것 같았다. 하지만 그는 친구 사이에 그럴 수는 없다며 수고비 한 푼 안 받고 몇 백 상자를 파는 수고로움을 수 년째 하고 있다.

"입주민 카페에 올렸더니 작년처럼 사람들이 많이 주문을 하고 있어. 몇 상자까지 주문 받으면 될까?"

친구는 혹시라도 주문을 받고 모자랄까 봐 내게 물었다.

"토요일에 전달할 거니까 50상자까지 가능할 것 같아. 목요일부터 못생긴 오이들을 모으면 그 정도는 될 거야."

"그래 알았어. 그럼 토요일 저녁에 지하 주차장으로 와. 출발할 때 연락하구."

토요일 저녁이 되어 박 대표는 트럭에 50상자를 싣고 친구의 아파트로 배달을 갔다. 다녀온 후 박 대표는 정말 고마운 친구라고 강조했다.

"주차장에 갔더니 벌써 사람들이 많이 나와 있더라. 경이 씨가 미리 적어 둔 명단을 보면서 오이를 나눠 줬구. 근데 그 시간에 안 나온 사람도 있었어. 그 사람들 거는 경이 씨가 차에 보관했다가 나중에 연락하고 준대. 귀찮을 텐데, 많이 고맙더라."

박 대표는 친구의 배려가 고맙고 마음이 쓰이는 것 같았다.

나 또한 친구에게 미안한 마음에 고민이 많아졌다. 고마움과 뭔가 크게 빚진 것 같은 마음이 공존한다. 뭘로 갚아야 그의 애씀에 견줄 만할지 고민해 봤지만 아직도 괜찮은 방법을 찾지 못했다. 오이를 주는 것도 한계가 있고 선물을 하는 것도 어느 정도 선에서 해야 할지 더욱 어렵다. 일방적으로 받기만 해서는 마음이 편치 않아 어떤 식으로라도 갚을 방법을 찾아봤지만 이제는 포기 상태다. '니가 이만큼 줬고 그래서 나도 이만큼 줄게. 이제 난 빚진 것 없다. 알았지?' 적어도 이런 상황은 아니지 않은가. 순수하게 도우려한 경이의 마음을 오히려 퇴색시킬 수 있다. 그래서 나름의 타협을 했다. 살아가면서 그에게 나도 도움이 될 날이 있을 테니 괜한 부채감으로 마음 불편할 필요가 없다고. 함께 늙으면서 오래도록 곁에서 기쁨과 슬픔을 나누는 존재로 있기로. 그리고 지금처럼 좋은 관계를 유지하기 위해 노력하기로.

♣ 맛있는 오이지 만드는 방법.

재료 : 오이 50개 (큰 오이보다 작고 얇은 오이가 좋다), 설탕 4컵, 소주 5컵,
식초 5컵, 천일염 6컵 (1컵: 250ml), 누름판 또는 돌.

- 오이를 깨끗이 씻는다.
- 물기를 뺀 오이를 항아리(통)에 차곡차곡 담는다.
- 설탕, 소주, 식초, 천일염을 오이에 골고루 묻히면서 항아리에 넣는다.
- 누름판 또는 돌로 눌러놓는다.
- 하루 정도 지나면 오이에서 물이 나와 잠긴다.
- 오이가 공기에 닿지 않고 물에 잠기도록 누름판으로 다시 눌러놓는다.
- 오이가 연둣빛으로 변하면서 쭈글쭈글해지면 완성된 것이니 냉장고에 보관
한다.

채록의 VVIP가 되는 방법

　오이를 키운 지 십 년이 되다 보니 농장으로 오이를 사러 오는 고객들이 조금씩 늘고 있다. 생산량에 비하면 직접 판매의 비중이 턱없이 부족한 현실이지만 처음에 비해 증가하고 있으니 긍정적인 신호라고 생각한다. 농장에 오는 고객들은 주로 동네 주민이거나 그 지인들, 그리고 박 대표와 나의 지인들이 대부분이다. 오이를 먹어 보고 맛이 좋다고 주변에 소개를 해 주어 오는 경우도 하나둘 늘고 있기 때문에 누구 소개로 왔는지 어디서 왔는지 모르는 고객들도 생겨나고 있다. 여러 사람들이 오다 보니 오이를 사는 모습에서 다양한 인간상을 볼 수 있다.

　"농장까지 직접 와서 사는데 덤 좀 주시나?"

"그럼요. 이렇게 직접 오셨는데 드려야죠. 원래 50개씩 파는데 5개 더 넣었어요. 그리고 작고 구부러진 오이들 댓 개 더 드릴게요."

"고마워요."

"네네. 다음에 또 사러 오세요."

대부분의 고객들과 나누는 대화 내용이다. 농장까지 일부러 찾아온 손님들에게 당연히 베풀어야 할 서비스라고 생각한다. 보통은 담아 주는 대로 받아 가는데 가끔씩 적극적인 고객들 때문에 놀랄 때도 있다.

"저기 아래 플라스틱 상자에 담긴 쬐그만 오이들은 버리는 건가?"

"아, 저거요? 버리지는 않고 오이 효소를 만들어서 물 줄 때 비료처럼 섞어서 줘요."

"난 또 버리는 건 줄 알고 좀 달라고 하려고 했지."

"버리지는 않지만 가져가서 드실 거면 담아 가세요. 담을 봉지를 더 드릴까요? 대신 보시다시피 제가 일이 바쁘니 손님이 직접 담으세요."

"그래, 바쁘니까 내가 직접 담을게요."

여유분의 봉지를 드리면 봉지가 터질 정도로 오이를 담는다. 그러면서 겸연쩍은지 슬쩍 인사치레 말을 건넨다.

"그나저나 더운 데서 고생하는데 오이를 이렇게 많이 얻어 가면 미안해서 어째."

"아니에요. 농장까지 직접 사러 오셨으니 제가 감사하죠."

처음에는 이런 고객들의 모습을 보고 놀라 한 발짝 떨어져 멍하니 쳐다보고 있었는데 올해의 나는 오히려 적극적으로 챙겨 주는 모습이었다. 또 다른 유형은 지나치게 따지는 고객이다. 아마도 그들은 오이뿐 아니라 다른 물건을 구입할 때도 이것저것 꼼꼼하게 따져 보는 성격일 것이다. 최상품의 반값에 사는 못난이 오이라도 상태를 보고 또 보면서 너무 휘었네, 너무 작네, 맛은 좋은지 기타 등등 따져 볼 수 있는 모든 요소들을 면밀히 살펴본 후 결국에는 약간의 덤을 얻어 사 간다. 파는 사람의 입장에서 조언을 좀 하자면 그렇게 따지는 방법보다는 이집 오이가 맛있다는 공치사를 양껏 날리면서 덤을 듬뿍 받아 가는 것이 살림에 더 보탬이 될 것 같다. 제일 피하고 싶은 유형은 만 원짜리 오이를 이만 원짜리처럼 달라는 고객이다. 농담처럼 하는 얘기인 줄은 알고 있다. 하지만 오이 값을 다르게 받을 때는 다 이유가 있는 것인데 못난이 오이 값으로 최상품의 오이를 달라고 하니 어이가 없다. 결국 매몰차게 안 된다고 대응도 못 하고 최대한 주문 사항을 반영하여 오이를 판다. 제일 편한 고객은 주는 대로 받아 가는 유형이다. 아마도 내가 여기에 속할 것 같다. 오이 상태도 보지 않고, 덤도 주인장이 주면 받고 안 주면 만다. 모든 고객들에게 거의 같은 덤을 주려고 애쓰는데 바쁘다 보면 깜빡하고 덤을 못 챙겨 줄 때가 있다. 열정적으로 챙기는 고객에게는 덤으로 산 것보다 더 주면서 주는 대로 받아 가는 고객에게는 못 챙겨 주는 경험을 하다 보니 나도 지금처럼 살면 받을 것도 못 받고 살겠다는 생각을 했다. 이런 상황을 겪어서 그런지 오이를 팔 때 주는 대로 사 가는 고객에게 덤을 하나라도 더 챙겨 줘야 한다는 강한 의지(?)가 생긴다. 내가 제일 좋아하는 고객은 자신이 오이를 산 후 주변 사람들에게 오이 맛이 좋다고 홍보하여 여러 번 다른 사람들을 직접 데려오는 유형이다. 이런 고객들은 VVIP다.

"어서 오세요."

VVIP 고객이 오면 내 목소리가 나도 모르게 한 톤 높아지고 저절로 미소를 짓게 된다.

"오이 사러 왔어요. 오늘은 우리 언니도 같이 왔지."

"자매가 가깝게 사시나 봐요."

"그렇지. 지난번에 사 간 오이를 언니한테 좀 나눠 줬는데 맛있다고 같이 사러 오고 싶다고 해서 왔어요."

"감사해요. 저는 우리 오이 맛있다는 소리가 제일 듣기 좋더라구요."

우리 오이의 가치를 알아봐 주는 고객들에게는 그들이 알지는 모르겠지만 서운한 마음이 들지 않게 신경 쓰고 있다. 백화점 VVIP는 기준으로 정해 놓은 매출 금액이 있지만 우리는 그러한 기준은 없다. 그저 우리 오이를 맛있다고 칭찬해 주고 고객을 확대시켜 주니 감사할 뿐이다.

다양한 고객들을 만나며 농부라는 직업에서 기대하지 않았던 부분을 경험하고 배운다. 오이 키우는 것에 비하면 복잡하고 어려워 피하고 싶지만 받아들여야 할 현실이다. 노동에 지쳐 가까스로 일을 하다가도 손님이 오면 언제 그랬냐는 듯이 반갑게 맞이해야 한다. 모르는 번호로 전화가 와도 친절하게 받아야 한다. 그들에게 내가 얼마나 피곤한지 알릴 필요는 없고 알려서도 안 된다. 한낮의 비닐하우스는 미치게 덥다. 고객들이 내게 더운데 고생이 많다고 위로한다. 나는 아무렇지 않게, 덥긴 한데 먹고사는 게 다 힘든 거 아니냐며 대수롭지 않은 척한다. 일반적인 회사원이나 사업을 하는 것에 비하면 농부는 사람을 상대해야 할 일이 적은 편이다. 박 대표는 그 점이 농사의 장점이라고 얘기한다. 사람으로 인해 겪는 어려움이 일로 인한 스트레스보다 크다고 생각하기 때문이다. 그러나 농장 일을 할수록 농업이 더 이상 1차 산업이 아니라는 것을 실감하게 된다. 오이를 잘 키우는 것이 최우선 목표인 것은 확실하지만, 잘 키운 오이를 제값에 잘 파는 효율적인 경영을 하는 것 또한 중요하다는 것을 배우고 있다. 앞으로는 복합적인 능력을 갖춘 사업가를 목표로 살아야 할 것 같다.

다시 오지 않을 시간처럼 즐겨라

한여름은 나의 농한기다. 오이를 끝내고 호박을 심기 전까지 나는 출근을 하지 않는다. 올해는 농장 확장으로 2농장에 토마토를 심었지만 다행히 나의 휴가는 유지되고 있다. 박 대표는 벼농사와 토마토를 위해 농번기처럼은 아니지만 여전히 농장과 논을 돌보며 지낸다. 나의 요즘은 여유 그 자체다. 늦게 자고 늦게 일어나는 올빼미 생활을 하고 있으며 책도 읽고 TV도 보고 빈둥거리는 생활을 하고 있다. 박 대표는 나의 저녁형 인간 생활을 싫어하지만 나는 꿋꿋하게 버티며 즐기는 중이다. 체력을 키우기 위해 운동의 필요성을 절감하고 있다. 토마토를 수확할 때쯤이면 쪼그리고 다니며 토마토를 따야 한다. 처음하는 작업이라 걱정이 앞서기 때문에 다리 근육을 늘려야 한다는 생각이 머릿속에서 떠나지 않는다. 나이가 들수록 몸무게는 늘고 다리는 얇아지고 있다. 이러다 관절염 같은 병이 생길수도 있겠다는 두려움이 있기 때문에 걷기 운동이라도 해야 한다는 중압감이 나를 운동하게 하고 있다. 늘어나는 뱃살과 몸무게 때문에 간헐적 단식을 하는 중이다. 농사일이 시작되면 못 하게 되더라도 우선은 몸을 가볍게 하고 싶다. 먹느라 돈 쓰고 빼기 위해 돈 쓰고, 거기다 성인병까지 걸릴 수 있는데 왜 그리 과식을 하는지 답답하다. 식욕을 다른 욕구로 대체하고 싶다.

일이 많아 시간이 모자랄 때면 읽고 싶은 책이 더 많아진다. 스트레스 해소 용도로 책을 살 때도 많았다. 그러나 이렇게 빈둥거리는 시간이 되자 또다시 독서를 안 하고 있다. 책장에서 뽑아 주기를 기다리는 책들을 펼쳐 봐야 한다. 지적 허영심을 채우기 위한 독서라도 제발 하기를 바란다. 집 앞에 있는 마을공동체 카페에 일주일에 한두 번은 나간다. 만나면 반가운 얼굴들에게 나의 존재를 알리고 잊히지 않기 위해 간다. 익숙한 커피 향이 좋고 끊임없이 무언가를 시도하는 이웃들이 좋다. 올해는 테마가 있는 마을길 지도를 만들기 위해 답사를 했다. 카페 안에 코딱지만 한 작은 책방이 생겨 갈 때마다 책 구경하는 재미도 있다. 십 년을 넘게 잘 지내고 있는 아파트 친구들도 만난다. 그들과 만나면 남편 얘기, 자식들 얘기, 세상 얘기, 동네 얘기들을 나눈다. 잡다하고 쓸데없는 얘기지만 하고 나면 기분이 좋고 마음이 가벼워진다. 오랜 세월 내 곁에 있어 준 친구들에게 연락하기도 한다. 십 대부터 이십 대까지 젊은 날의 추억을 함께 나눈 친구들과 통화를 하고 약속을 잡는다. 일 년에 한 번 만나도 어색하지 않은 그들이 있어 좋다. 피서를 위해 낯선 커피숍을 찾아가기도 한다. 요즘에는 대형 베이커리 카페가 유행이라 차로 20분 이내에 새로 생긴 대형 카페가 많다. 방학이라 집에만 있는 두 딸과 카페에 가서 맛난 빵과 커피를 먹으며 책 읽고 글 쓰는 재미가 꽤 괜찮다. 함께 살고 있는 두 마리의 고양이가 털을 뿜어 대며 노는 모습을 보는 재미도 좋다. 슬그머니 다가와 털을 부비는 것도 예쁘고 간식 달라고 냥냥거리는 모습도 예쁘다. 하지만 한가할 때 해결해야 할 과제들이 있다. 자동차 리콜 서비스도 받아야 하고, 늘어놓은 살림살이들을 정리해야 한다. 쓰지 않고 깊숙이 모셔 둔 살림들도 꺼내어 쓰든지 버리든지 해야 한다. 내년 오이 농사에 참고하기 위해 정리해 둘 서류와 내용들도 많은데 안 하고 있다. 이렇게 빈둥거리며, 해야 할 일에 대한 압박감을 느끼면서 시간 보내는 것을 반성하지만 그래도 괜찮고 행복하다. 이런 시간이 있어야 충전되어 살 수 있다. 나의 게으름과 합리화가 사는 힘이 될 수도 있다고 생각하면 억지일까? 게을러도, 억지를 부려도 그게 필요한 때라고 생각하고 싶다.

한가한 생활을 한 지 벌써 한 달이 넘었다. 쉬면서 뭘 했을까? 얼마인지 모르지만 남은 휴식 시간에 무엇을 하고 싶은가? 여가를 즐기는 나만의 특별한 방법이 있으면 좋겠다. 다시 바쁜 때가 왔을 때, 달콤한 시간들을 떠올리며 위로받을 그 무언가를 해야 한다는 강박이 있다. 새해만 되면 올해의 목표에 꼭 있었던 것이 영어 회화 공부다. 그것도 시작만 해 놓고 꾸준하게 하지 않아 자괴감이 커지는 중이다. 젊을 때와 달리 암기력도 현저히 떨어져서 더 열심히 해도 될까 말까인데 띄엄띄엄 하는 둥 마는 둥 하다 보니 더 재미가 없다. 그 대신 이번 여름에는 공연을 두 번이나 봤다. 봄여름가을겨울과 홀로그램으로 형상화한 김현식의 공연은 기대 이상의 재미와 감동이 있었다. 뮤지컬 헤드윅은 티켓 예매 전쟁에서 기적적으로 성공하여 친구들과 함께 봤다. 흥미진진한 내용은 없었지만 두 시간 넘는 공연을 헤드윅 역의 배우가 거의 혼자 이끌어 가는 것이 대단했다. 연기와 노래, 관객들을 잡아끄는 카리스마까지도 멋졌다.

　올해 초, 온라인 모임으로 하는 캘리그래피를 시작했다. 손재주가 없어 그림이나 만들기는 할수록 스트레스를 받는다. 캘리그래피는 글씨에 가까우니 할 수 있을지 모른다는 기대감으로 가입했다. 이것 또한 예쁘게 잘하지는 못한다. 하지만 붓을 들고 글씨를 그리는 동안은 잡념을 잊고 붓 끝에 집중하게 되어 하면 할수록 빠져든다. 무엇보다 틈날 때마다 내가 펜을 들려 하는 모습이 좋았다. 얼마 전에는 거실에 상을 펴 놓고 바닥에 앉아 한참 동안 캘리그라피를 그렸다. 그리는 재미가 좋았는지 며칠 동안 그렇게 했는데 결국 허리 통증이 느껴졌고 침을 맞으러 갔다. 구부정한 자세로 오랜 시간 앉아 있어서 그런 거라 했다. 캘리그래피 모임을 알게된 곳은 글쓰기 온라인 모임이었다. 글쓰기를 매개로 모인 사람들이 각자의 재능을 살려 다양한 모임들을 운영하게 된 것 같다. 글쓰기 모임도 계속 참여했으면 더 좋았겠지만 정해진 주제로 쓰는것이 어려워 그만두었다. 그러나 요즘 규칙적으로 많이 써야 할 필요성이 느껴져 글쓰기 모임에 다시 참여할 생각을 하고 있다. 자기소개 서류를 작성할 때면 취미와 특기를 쓰는 칸이 있다. 그때마다 뭘 써야 할지 막막했는데 취미에는 이제 당분간은 고민 없이 '캘리그래피'라고 쓸 수 있게 됐다. 오랜 시간 취미로 남기기 위해 실력이 늘지 않아도 덤덤하게 즐길 수 있기를 바란다. 더 큰 욕심을 낸다면 특기에 '글쓰기'라고 쓰는 것이다. 농사는 어설퍼도 글은 잘쓰는 농부라고 소개하고 싶다.

게으른 농부여도 괜찮아

    핏빗은 시계처럼 손목에 착용하고 운동량과 수면 효율을 측정하는 기계다. 나는 핏빗을 사용한 지 2년 정도 됐고 박 대표는 며칠 전부터 사용하기 시작했다. 내가 쓰는 기계는 전화를 받는 기능이 없지만 새롭게 업그레이드된 사양은 손목에 차고 전화를 받을 수 있어서 박 대표가 원했다. 평소에 시계, 반지, 목걸이 등 몸에 무언가 걸고 끼는 것을 극도로 싫어하는 성격이라 몇 시간 써 보고는 싫다고 할까 봐 걱정했는데 전화를 받는 기능이 꽤나 쓸 만하다고 좋아했다. 땀이 많은 편이라 실리콘 밴드에 땀이 차서 메탈 소재로 만든 밴드를 따로 주문하기도 했다. 사실 핏빗 본래의 기능은 운동량과 심박수, 수면 효율 등 건강을 체크하는 것이다. 농사일을 하니 활동량이 많기는 하지만 밥 먹는 속도가 빠르고, 저녁에 식사 후 너무 일찍 잠들어 버리고, 근력 운동을 거의 못 하다 보니 근육은 빠지고, 술을 좋아해 복부 비만이 심해지고 있다. 술과 담배 등 몸에 해로운 것들은 많이 하고 식생활과 생활 습관이 건강하지 못하다는 생각에 기계를 이용해 현재의 모습을 객관적으로 볼 수 있기를 바랐다. 처음 하루 이틀은 답답해서 중간에 뺀 적도 있다고 했다. 그러다 적응을 한 후에는 꾸준히 착용했다고 한다. 그렇게 5일 동안 활동한 데이터를 확인했다. 하루에 만 보가 아니라 2만 보는 기본으로 움직이고 있었다. 2만 보 이상의 활동으로 소모된 칼로리는 3~4천 Kcal. 생각했던 것보다 훨씬 많이 움직이고 있었다.

데이터를 보고 깜짝 놀라 박 대표에게 물었다.

"당신이 이 정도로 많이 움직인다는 걸 알고 있었어?"

"내가 그랬잖아. 비닐하우스 안에서 작물 보면서 걸으면 2만 보는 보통이지."

"그랬지. 난 아닐 거라고 우겼구."

"거 봐. 내가 맞다니까." 박 대표는 내게 당당하게 말했다.

"그렇네. 엄청 많이 움직이네. 날씨가 더워서 한낮에는 쉬는 요즘이 이 정도면 오이가 많이 나오는 5, 6월에는 도대체 얼마나 움직였을까?" 미안한 마음에 나는 목소리에서 힘이 빠졌다.

이렇게 움직이니 저녁 식사 후 곯아떨어져 잠이 드는 것도 당연했다. 노동량이 많은 것은 알았지만 막연하게 예상했을 때보다 숫자로 보여 주니, 그리고 나의 활동량과 비교할 수 있다 보니 놀랍고 부끄러웠다. 그 마음을 표현하고 싶어 대화를 다시 시작했다.

"알고 있었지만 이렇게 숫자로 확실히 비교되니까 마음이 짠해지네."

"뭘 그래. 맨날 이러고 살았는데."

"나 요즘 늦잠 자고 게으르게 사는 거 보면 화 안 나?"

"원래 그런 사람인데 어쩌냐. 못 고치잖아."

"그렇긴 한데, 안 밉냐구."

"밉긴 뭘 미워. 그러려니 하는 거지."

"하긴 내가 요즘에나 게으르게 살지 바쁠 때는 새벽에 일어나서 일하잖아. 그러니까 이해해 줘야 돼. 그리고 무엇보다 이쁘니까 용서하구. 내가 쫌 이쁘긴 하잖아? 푸하하하하하."

분위기를 밝게 만들고 싶어 농담을 해 봤다.

"으이구, 그래 많이 이쁘다. 됐냐?"

이렇게 힘든 노동을 하는 박 대표가 느리고 게으른 나를 보는 게 힘들지 않다니 다행이다. 기대해 봤자 안 되는 건 포기할 줄 아는 사람이라 20년 넘게 함께 살 수 있었다. 몸에 안 맞는 농부라는 옷을 걸치게 했다고 원망했던 마음이 부끄럽다. 고기반찬이라도 자주 해 줘야겠다.

토마토는 쉽다고 누가 그랬어

　봄에는 농장 전체에 오이를 키웠지만 가을이 되어 가는 지금 1농장에는 애호박이 자라고 있고, 2농장에 대추방울토마토가 심어져 있다. 애호박은 심은 지 아직 한 달이 안 되어 출하를 못 하고 있고, 대추방울토마토는 출하를 시작했다. 오이와 애호박은 모종 심은 지 40일이면 생산을 시작하는데 그에 비하면 대추방울토마토는 많이 늦다. 모종을 심기 전에는 심을 준비를 위한 작업을 하고, 심은 후에도 관리와 곁순따주기 등의 작업들이 많지만 직원들과 박 대표만으로 가능해서 나는 농장에 출근을 하지 않았다. 그 덕분에 난 긴 휴가를 보낼 수 있었다. 마치 한 번도 농부인 적 없는 것처럼 게으르게, 최대한 게으르게 그렇게 꿈같은 휴가를 즐기며 60일의 시간을 보냈다.

토마토를 따기 1주일 전부터 박 대표에게 출근해야 할 날을 미리 알려 달라고 재촉했었다. 갑자기 다음 날부터 출근하라고 하면 가기 싫은 맘이 클 것 같아 그랬다. 노동을 맞이할 날을 예상하고 기대하며 마음의 준비를 해야 했다. 미리 농장에 나가 출하 시기를 스스로 예상했어도 되지만 최대한 출근을 늦춰 보려 노력했다. 쯧쯧쯧…… 언제쯤 주인의식이 생길지 모르겠다. 모든 생물은 날씨와 기온의 영향을 받아 성장한다. 오이도 그렇고 호박도 그렇듯이 토마토 역시 출하 첫 날을 1주일 전에 정확히 예상하는 것은 불가능했다. 박 대표는 늘 하던 대로 내게 통보했다.

"내일 특별한 일 없지? 토마토 따야 하니까 출근해."

토마토 따기를 한 첫날, 세상에 쉬운 일은 없다는 것을 다시 한 번 경험해야 했다. 남들이 키운 토마토를 먹기만 할 때는 빨강의 정도에 대해 유심히 본 적이 없다. 하지만 내가 직접 토마토를 따 보니 주황색에서 빨갛게 변하는 과정의 색들이 다양했다. 어느 정도에서 따야 제대로 따는 것인지 토마토를 보면서 계속 고민했다. 그리고 빨간색이라 판단하고 땄는데 막상 따서 보면 주황빛이 많아서 놀라기를 거듭했다. 대추방울토마토를 딸 때는 손으로 꼭지 부분을 살살 따면 된다. 하지만 우리가 심은 토마토는 손으로 따면 초록색 꼭지가 떨어져 버린다. 어쩌다 떨어지는 정도가 아니라 100% 전부 떨어진다. 맛에는 지장이 없지만 시장에서 꼭지가 붙은 토마토를 선호하기 때문에 어쩔 수 없이 대추방울토마토를 한 알씩 가위로 따고 있다. 토마토 모종을 신청할 때, 어떤 품종을 선택해야 할지 몰라 한참을 고민했었다. 주변 농가들이 작년에 많이 심었던 품종은 문제가 생겨 수입이 안 됐기 때문에 그 품종을 심을 수 없었다. 할 수 없이 모종 회사에서 추천하는 다른 품종을 선택했는데 수확하는 데 이런 어려움이 있다는 것은 몰랐다. 수확하는 3개월 동안 계속 이렇게 작업을 해야 한다는 생각을 하면 우울해진다. 토마토를 따고 있는데 직원이 나를 부르더니, 토마토나무 아래에 낮고 넓은 대야를 놓고 여러 개의 토마토를 따서 떨어뜨려 한 번에 큰 플라스틱 상자에 넣는 것이 편하다고 알려 줬다. 배웠으니 나도 따라 하기 위해 다이소에 알맞은 그릇을 사러 갔다. 박 대표는 들고 다니기 편하고 가볍기 때문에 철망으로 된 그릇을 사는 게 좋겠다고 했다. 그 말에 나도 동의했다. 그래서 너무 크지도 작지도 않은 직사각형 철망 6개를 샀다. 사 온 철망 그릇을 토마토나무 아래에 받쳐 놓고 땄다. 하지만 직원이 보여 준 것처럼 대추방울토마토가 그릇에 여러 개 모아지지 않았다. 그릇의 철망이 마치 배드민턴 라켓 줄처럼 탄력이 있어 토마토가 떨어지면 '통' 하고 밖으로 튕겨 나갔다. 이럴 수가. 철망이 아닌, 바닥 전체가 막힌 그릇을 샀어야 했다. 직원처럼 플라스틱 그릇을 이용할 걸 가볍게 들고 다니겠다고 철망으로 된 바구니를 사서 시간과 돈을 낭비한 결과가 되었다. 뭐든 과하면 오히려 독이 된다더니 딱 그 모양이었다. 철망 바닥을 푹신하게 만들어 사용할 방법을 찾아봐야겠다.

토마토나무의 제일 아래에 매달려 있는 토마토들을 가위로 하나씩 따려면 무릎을 굽혀 쪼그려 앉아서 해야 한다. 몇 번인지 횟수를 셀 수 없을 정도로 앉았다 일어서기를 반복하며 쪼그려 앉아 토마토의 빨강을 판단해야 한다. 이 작업에도 스피드는 꼭 필요하고 중요하다. 하지만 난 이것 또한 느렸다. 내가 빨리 할 수 있는 게 과연 있기는 한 건지 궁금하다. 오이 출하와 달리 농협에 출하하는 대추방울토마토는 직접 포장을 하지 않는다. 커다란 컨테이너 박스에, 선별하지 않고 담아 집하장에 갖다 주면 농협에 있는 기계와 직원들이 공동 선별을 한다. 선별을 전문적으로 하는 직원들이 날카로운 매의 눈으로 작고 터지거나 노란빛이 많이 보이는 토마토를 골라 빼놓으면 다음 날 우리가 가져오면 된다. 그리고 로컬푸드직매장에 출하하는 상품은 농장에서 직접 포장하는데 그 작업 또한 오이보다 쉽다. 오이에 비해 쉬운 게 있긴 있는 거다. 쉬운 것이 또 있다. 오이는 매일 따지 않으면 농사 전체를 망칠 수 있기 때문에 반드시 매일 따야 하지만, 대추방울토마토는 매일 따지 않아도 된다. 오히려 너무 자주 따면 옅은 주황빛이 도는 토마토를 따게 되어 좋지 않다. 매일 따지 않는다는 것은 출하를 매일 하지 않는다는 얘기다. 다시 말해 매일 입금이 되지 않는다. 처음 키워 보는 작물이라 아직 서툴고 어려운 것도 많다. 그래서 토마토의 출하량이 같은 규모의 다른 농가에 비해 많이 적다고 한다. 입금도 매일 안 되고 수입도 적으니 기운 빠지고 힘들다. 오이보다 쉬운 것도 있긴 하지만 그래도 힘들게 노동을 하고 있는데 그 보상이 부족하다 보니 속상한 마음에 스멀스멀 욕심이 올라온다. 그런 마음이 생기니 스트레스를 받고 그 영향으로 박 대표에게 나도 모르게 가시 돋친 말이 튀어 나오기도 한다.

이제 시작인데 벌써부터 힘들어지면 안 된다. 토마토 농사는 처음이니 공부하는 자세로 느긋하게 마음을 가져야 한다. 몸이 힘든데 마음까지 상처를 입게 되면 더 하기 싫어진다. 그동안도 그래왔듯이 어떻게든 살아질 테니 하루하루 주어진 일이나 해결하면 된다. 올봄과 여름에 도저히 못 버틸 것 같던 오이와의 전쟁도 무사히 견뎌 냈다. 가을과 겨울에 대추방울토마토와 애호박도 제대로 잘 키워 뿌듯한 결과를 얻어 낼 것이다. 쪼그리고 앉아 한 알씩 따는 토마토 작업을 마음 비워 내는 수행이라 여기면 된다. 토마토야, 얼마든지 딸 수 있으니 달달하고 맛있는 열매를 주렁주렁 열리게만 해 다오.

달콤한 하루

얼마만의 휴일인지 모른다. 갑작스러운 휴일은 좋기도 하고 이런저런 일들이 생겨 정신없이 보내고 나면 아깝고 아쉬워진다. 꿀 같은 휴일에 아침 10시부터 강의를 듣기 위해 바쁘게 서둘렀다. 협동조합 카페에 생긴 독립서점에서 작가 초청 강의가 있었다. 『대통령의 글쓰기』라는 책을 쓴 강원국 작가의 강의였다. 이전의 초청 강연에 비해 유명인이어서인지 생각보다 많은 사람이 앉아 있었다. 1~2년 전에도 초청했던 작가인데 그때보다 더 여유 있고 재미도 있는 강의였다. 차이점이라면 그때는 글쓰기만 언급했다면 이번에는 말하기의 필요성과 중요성이 추가되었다. 외출의 수고가 아깝지 않은 좋은 강연이었다. 기분 좋게 강의를 듣고 작가의 책을 구입했다. 강의의 느낌을 책에서 다시 한번 느끼고 싶었다. 행사 후에는 독서 모임이 있었다. 농사일을 하는 기간이라 책만 사 두고 읽지 않았으나 병풍처럼 앉아 듣기라도 하고 싶어서 모임에 참여했다. 독서 모임에 책을 읽지 않고 참여하는 것은 원칙을 위반하는 것이지만 농사철이라는 점을 감안하여 구성원들이 이해해 주었다. 좋은 강연을 듣는 것 이상으로 모임원들의 이야기를 듣는 것 또한 내게는 비타민이 된다. 이번 모임에서 이야기를 나눈 책은 마이클 샌델의 『공정하다는 착각』이었다. 쉽지 않은 내용과 주제라 만약 책을 읽었더라도 얼마나 이해했을지 모르겠다. 모임원들은 그 어려운 책을 어찌 다 읽어 내고 각자의 방식으로 풀어내어 이야기들을 하는지 존경스러웠다. 자본주의, 민주주의, 공정함에 대한 생각, 현실 정치까지 다양한 소재들에 대해 자유롭게 이야기하는 분위기가 익숙하면서도 새로워서 만족스러웠다. 2주 후에 있을 다음 모임에 참석할 수 있을지 모르지만 책은 틈틈이 읽어 놔야겠다.

책 모임이 끝나고 나니 오후 5시. 하루가 다 가 버렸다. 이제 남아 있는 과제를 해야 하는데 어쩌지? 피곤하다는 핑계를 만들며 소파에 늘어져 있다가 하나라도 해결하기로 결심하고 노트북을 열었다. 뭘 쓸지 생각나는 대로 글감을 나열하다가 그러다가는 낙서로 글쓰기를 마칠 것 같아 의식의 흐름대로 그냥 써 보기로 했다. 그렇게 지금의 글을 쓰고 있다. 내일은 또 내일의 노동이 기다리고 있다. 봄처럼 폭풍 같은 노동은 아니지만 부담감은 있다. 새빨간 대추방울토마토를 일일이 한 알 한 알 따서 플라스틱 바구니에 담는다. 주렁주렁 매달려 있는 토마토를 보면서 이랬다저랬다 하는 내 마음을 바라본다.

'저 많은 토마토를 언제 다 따나? 아니지. 힘들어도 토마토가 많을수록 돈을 많이 벌 수 있는 것이니 불평하지 말고 손이나 빠르게 움직여야지.' 노동한 만큼의 대가를 받을 수 있는지 없는지 그런 마음은 깊숙이 묻어 두고 무심하게 토마토를 따는 일은 마음 수행이 되기도 한다. 그러니 감사한 마음으로 내일의 노동을 맞이해야겠지.

다가올 오이들의 시간

생각보다 튼실하게 자라 준 배추와 무로 지난 주말에 김장을 했다. 김장을 해 본 사람들은 알 것이다. 배추를 절이고 속을 넣는 일보다 마늘과 쪽파를 까는 일에 더 많은 시간이 필요하다. 나도 김장을 하기 위해 1주일 동안 마늘 지옥에 빠져 있었다. 그래도 아직 마늘을 다 해결하지 못했다. 직접 키운 마늘이기 때문에 크기가 작고 모양이 다양하여 마늘 까기가 많이 힘들다. 물론 며칠 동안 깐 마늘을 전부 김장에 넣는 것은 아니다. 마늘을 까지 않고 껍질째 매달아 두면 알맹이가 썩어 버린다. 그래서 전부 다 까서 분쇄한 후 냉동 보관을 한다. 마늘은 가을에 심어 추운 겨울을 땅속에서 잘 견뎌 낸 후 늦은 봄에 수확을 한다. 내년 김장에 마늘을 넣으려면 벌써 마늘을 심고 볏짚을 덮어 줬어야 한다. 하지만 박 대표는 올해 마늘을 심지 않았다. 그에게 큰 변화가 일어나고 있는 것이다.

"어쩐 일일까? 살다 보니 마늘을 안 심는 때가 다 있네."
"마늘 까기 힘들어서 이제 안 심을 거여."
"정말? 설마, 그럴 리가."

내가 아는 박 대표는 그런 선택을 할 사람이 아니어서 놀랐다. 동네 사람들 다 심는 마늘을 안 심다니 이상했다. 농촌은 옆집이 배추 심으면 나도 배추 심고, 고추 심으면 고추 심고, 마늘 심으면 마늘을 심는다. 어느 때 뭘 심고 무슨 일을 해야 하는지 모르고 농사를 짓는다 해도 동네 사람들 할 때 따라하면 된다는 말도 있다.

"진짜 안 심어. 비닐하우스 하면서 그동안 마늘을 심어 먹은 게 용하지."
"하긴 마늘 수확할 때가 우린 일 년 중 제일 바쁠 때라 안 심는 게 맞아."
"해마다 친구들이 와서 도와줘서 캤지. 친구들 아니었으면 못 했을 거여."
마늘뿐 아니었다. 감자도 고구마도 캐 줬다. 내 친구들도 박 대표 친구들도 황금 같은 휴일을 우리를 위해 써 줬다.

"이제 더는 미안해서 마늘 캐 달라고 못 하겠어."

"잘 생각했어. 그만 심자."

수확하기 어려운 밭작물을 심지 말자는 얘기는 몇 년 전부터 계속 했었다. 하지만 박 대표는 평생을 살아온 방식이기 때문에 바꿀 생각을 안했다. 50년이 넘는 그의 삶 속에 녹아 있는 생활 패턴은 변할 수 없다고 이해해야 했다. 하지만 이제 변했다. 몸의 노화가 원인일 수도 있는데 어찌 됐든 합리적인 결정이라고 생각한다. 우리의 생활은 오이가 쑥쑥 자라는 봄에서 여름에 초점이 맞춰져 있다. 지금은 11월 중순이 지났으니 날씨가 추워져 농사일이 줄었지만 머릿속에는 다가올 오이들의 시간을 계속 염두에 둔다. 내년에는 어떤 품종을 심을지, 오이 간격은 어느 정도가 좋을지, 언제 심어서 언제 그만둘지, 기타 등등…… 오이들의 시간이 오면 하루 12시간을 노동해도 다음 날 또다시 12시간 노동을 해야 한다. 그런 현실이 힘들지만 받아들였고 잘 자라 주는 오이들로 생계를 유지할 수 있으니 감사한 일이다. 많이 적응하고 익숙해졌다고 생각하지만 막상 그때가 되면 우린 또 어려울 것이다. 그래도 여기까지 잘 버텨 왔고 앞으로도 매우 많이 잘할 것이라고 믿는다.

'아카이빙랩 궁쓰궁쓰'라는 이름으로 함께 글을 쓰는 모임이 있다. 궁둥이로 쓰는 기록연구소라는 뜻을 담고 있다. 구성원은 나, 엄샘, 홍샘 이렇게 3명의 여인이다. 중년 여성 3명이 기록하는 삶을 추구하기로 합의하고 각자가 정한 주제로 글을 쓰고 있다. 누구라도 글의 분량이 채워지면 책을 꼭 만들어 보자는 의지가 있었고 내가 그들 중에 가장 먼저 출판을 결정했다. 이 글은 그들과 함께라서 시작할 수 있었다. 각자의 삶이 바빴지만 규칙적으로 글을 쓰고 공감하며 서로를 응원했다. 그들은 나보다 더 오이에 빠져들었다(?). 마트에서 사 먹는 식재료 중 하나였던 오이에 대해 일상에서 느꼈던 것들을 만날 때마다 나에게 전달해 주었고 채록의 오이에 대해 생각해 줬다.

"『친애하는 나의 집에게』라는 책을 읽었는데 책 제목으로 '친애하는 오이 씨' 어때요?"

홍샘이 최근에 인상 깊게 읽은 책이라고 소개하며 오이를 연결했다.

"좋은데요. 오이를 친애하기까지 하다니. 오이에 대한 애정이 어마어마한 느낌이에요."

그러면서 일상에서 틈틈이 떠올렸던 오이 책에 대한 아이디어를 공유했다.

'오이 너라는 채소는, 오이 좌담회, 니들이 오이를 알아?, 너에게 오이를 보낸다. 오이는 매일 자란다, 오이 다양성, 획일화된 오이, 오이와 함께라면, 오이가 인생을 바꾼다, 오이 열차, 오이가 동쪽으로 간 까닭은, 오이로소이다, 오이충, 오이의 세계, 부부의 오이, 오이주의자, 오이가 지배하는 세상, 오이 공장, 내 몸에는 오이 피가 흐른다, 꿈에 분홍 오이가 열렸다, 농부 아내 말고 농부, 오이의 안부를 묻다, 농부의 아내는 농부가 되었다, 등등……'

"오이 캐릭터를 만들어 보면 어때요? 딸들이 대학생이고 디자인에 관심도 있다고 했으니 한번 만들어 보라고 하세요. 이건 내가 어디 모임에 갔다가 오이 모양이 있어서 가져왔어요."

엄샘은 초록색의 길쭉한 부직포 인형을 내밀었다. 단순한 디자인이었지만 오이 모양이 확실했다.

"어머, 진짜 오이 모양이네요. 잊지 않고 챙겨 주시다니. 감동이에요. 감사해요."

나는 엄샘의 관심이 고마워 오이 인형에 반색하며 감사한 마음을 전했다.

글 속에서 남편의 호칭을 '박 대표'로 결정한 것도 두 분 덕분이다.

"남편 성이 뭐예요?"

"박 이요. 왜요?"

"남편이라는 호칭은 일과 가정이 분리되지 않은 느낌이에요. 농장에서 일할 때는 부부의 입장이 아니라 직장 내에서 부르는 것처럼 박 대표라고 하는 게 어때요?"

"그거 좋은데요. 우리에게는 농장이 직장이니 그게 좋겠어요. 규모에 비해 호칭이 좀 거창하긴 하지만 '사장'이라는 호칭보다는 젊은 느낌이라 더 좋아요. 하하하."

글을 쓰기 위해 만났지만 지금은 일상에서 부딪히는 어려움도 나눌 수 있을 만큼 친밀해졌다.

나에게 오이는 노동이었다. 그랬던 오이들을, 글을 쓰면서 단순한 의미 이상으로 발전시킬 수 있었다.

농부가 된 지 20년이 넘었고 비닐하우스 농사를 한 지 10년이 다 됐다. 오이와 함께한 세월이 벌써 이렇게 되다니 하루하루 지날 때는 아무 느낌이 없는데 이렇게 숫자로 상기해 보니 다르다. 정신없이 오이와 씨름을 하다 보니 시나브로 어느새 오이 농부가 되어 있었다. 팔자에 없는 오이 농사를 시켰다고 남편을 원망하는 어리석은 마음도 있었다. 내가 오이나 포장하고 있을 사람이 아닌 것마냥 오만했던 적도 있었다. 오이가 폭풍처럼 밀려올 때, 먹고살게 해 주니 감사할 일인데 오이 지옥에 빠졌다고 우울해하기도 했다. 마을공동체 카페에서 봉사하고, 프로젝트 활동을 하고, 책 모임을 하고, 강연을 듣는 삶만 내 것으로 하고 싶었다. 오이가 좀비도 아닌데 뭐가 그리 두려워서 허겁지겁 도망치듯 오이에게 쫓겼는지 모르겠다. 몸에 안 맞는 옷을 입고 엉거주춤 오이를 붙잡고 있는 모양새였다. 다시 말해 어설프고 엉성한 농부였다.

다행히 생존 본능이 발휘되어서 조금씩 농부로서의 삶을 받아들이게 되었다. 꽃놀이, 단풍놀이를 못 가는 농부의 삶이 아쉬워도 당연해졌고, 이왕 하는 거 세상에서 제일 맛 좋은 오이로 키우고 싶어졌다. 그러다 보니 마트에서 만나는 수많은 오이들 중에 우리 오이가 최고로 보이고, 이웃 농가들이 들으면 웃을지 몰라도 우리 오이만의 특별함이 오이 전체에서 뿜어져 나오는 것처럼 보인다. 이 정도면 오이에 미친 농부가 된 걸까? 농부가 되는 줄도 모르고 농부가 되어, 농부가 아닌 척 살다가 오이 덕분에 진짜 농부의 꿈을 키우게 되었다.

채록;
채소를 기록하다

초판 1쇄 발행 2023년 4월 17일

지은이 김수연
펴낸이 이계섭

책임편집 박찬세
디자인 이라희

펴낸곳 (주)백조
주소 경기도 화성시 남여울3길 19 201호
출판등록 2020년 8월 14일
전화 031-8015-0705
팩스 031-8015-0704
E-mail baekjo1120@naver.com

ISBN 979-11-91948-11-0(03810)
값 13,000원